R E C R E A T I O N

R17
我的藍莓夜
My Blueberry Nights
故事：王家衛
劇本：勞倫斯‧卜洛克（Lawrence Block）
小說：李中堯

責任編輯：徐淑卿　美術編輯：何萍萍
法律顧問：全理法律事務所董安丹律師
出版者：大塊文化出版股份有限公司
台北市105南京東路四段25號11樓
www.locuspublishing.com

讀者服務專線：0800-006689
TEL：（02）87123898　FAX：（02）87123897
郵撥帳號：18955675　戶名：大塊文化出版股份有限公司
版權所有‧翻印必究

總經銷：大和書報圖書股份有限公司
地址：台北縣五股工業區五工五路2號
TEL：（02）89902588　FAX：（02）22901658

初版一刷：2008年1月
初版三刷：2008年1月

定價：新台幣230元
Printed in Taiwan

國家圖書館出版品預行編目資料

我的藍莓夜=My Blueberry Nights／王家衛故事；
　勞倫斯‧卜洛克(Lawrence Block)劇本；
　李中堯小說. -- 初版. -- 臺北市：
　大塊文化，2008.01
　面；　公分
　ISBN　978-986-213-031-5 (平裝)

857.7　　　　　　　　　　96024451

我的藍莓夜
My Blueberry Nights

故事：王家衛
劇本：勞倫斯・卜洛克（Lawrence Block）
小說：李中堯

夜

晚的紐約永遠都既熱鬧又寂寞。兩列火車從上方交叉轟鳴而過時，地面一陣震動，牆壁上貼的各種租屋、尋人、尋貓、色情廣告紙條頓時一齊翻飛，好像想藉機掙脫牆的束縛。但人們對此卻毫無所覺，沒有人會留意這短暫而細微的變化。

克利歐區餐館裡，年輕俊美的英國老闆傑瑞米正在吧台後面講電話。這是一間不太起眼的小餐館，深沈色調的老木頭地板上有些刮痕，桌子不多，每張都靠窗，角落裡那台一閃一閃的點唱機，是整個店最豪華亮麗的設備。此時晚飯時間已過，還在的客人多半是喝酒的。

「喂、喂，誰？抱歉，我不認識這個人！我每天晚上有一百多個客人，我不可能追蹤每一個人！」傑瑞米看起來三十出頭，卻已有一種餐廳老闆的急性子，還好他的英國腔，可以把這種急躁變成一種有趣的景觀。然而他褐色的眼睛裡，卻流露出一種與急躁不太相襯的淡淡的心不在焉，好像人在這裡忙著，心卻在加勒比海的一個小島上。

他繼續說：「這樣吧，你告訴我他喜歡吃什麼。我只會記得客人點什麼菜，不記得他們叫什麼名字…。肉捲？嗯…，我知道有人點肉捲加馬鈴薯泥，還有肉捲加…，加起司薯條、加水煮蛋、加洋蔥圈。」

「什麼？他不喜歡馬鈴薯？他有乳糖不耐症？那還有什麼線索？」

「炸魚排？我只記得有一個戴義眼的六十四歲老先生會點炸魚排。你何不…，這樣吧，給我你的電話，如果我找到這個人，我會打給你。」他一邊拿出他的筆記本在上面寫下電話。

「好，我保證。我會的。再見。」傑瑞米掛了電話。一秒不停地把剛剛放在旁邊的一疊盤子端走，有人要買單，他又急急走回來。

一家餐館每天發生的事情大抵相同，準備、開門、客人湧入、忙得不可開交、稍微緩解、客人離開、打烊、打掃、關門。第二天再循環一次。中間的插曲可能是：服務生或客人打破盤子、服務生不小心把食物倒在客人身上、客人不付錢偷偷溜走、有人打架等等。其中最靜態也最常發生的是：有些客人愛跟傑瑞米聊天，他們需要有人聽他們說話。

就像現在，傑瑞米正斜靠著吧台聽人說話。他的吧台有如神父的告解室，每天總有幾個人坐在這裡，半醉半醒地跟他告解，不管他聽不聽，也不管自己說的有多少是真的。對他們來說，只要說出口，或者還未說完就去廁所吐出來，就算是暫時解脫。傑瑞米聽久了，已經培養出一種表情，就是，即使他沒有回應，對方也不會覺得自己被忽略、被無禮對待，仍可以滔滔不絕說下去。

依麗莎白此時是站著向他比畫，舉止語氣裡有一種迫切感：「他五尺十一吋高，深褐色頭髮…。」依麗莎白說時，傑瑞米注意到她的長捲髮也是深褐色。只是不論她的語氣是否迫切，對傑瑞米來說，這只是一個尋常的晚上。

傑瑞米搖搖頭：「抱歉，我想不起來有什麼人點肉捲加起司薯條，或者加洋蔥圈、或者水煮蛋、或者炸魚排的，可以符合妳說的條件。」

「上次我們來的時候，他應該是點豬排。」

「唉呀妳早說嘛！我們有城裡最棒的豬排，妳吃過嗎？」傑瑞米熱心地說。

「沒有——」

「怎麼會？妳是因為宗教還是其他原因不吃豬肉？」

依麗莎白盯著他，說：「你到底有沒有看過他？」

「深褐色的頭髮，豬排⋯。哦，我看過。他昨晚才來過。」他想了一下，接著說：「他點了兩份豬排，一份有馬鈴薯泥，另一份加四季豆。」

依麗莎白細細搜尋他的臉，她褐色的眼睛裡是明顯的不安和茫然：「他一定很餓。」

「沒有，他沒有吃兩份。我們的份量很大，一人不可能吃得下兩份。一份是他吃的，另一份是他女朋友的。」

「不可能。」依麗莎白的臉突然扭曲起來。

「為什麼？」

「因為我就是他的女朋友！」依麗莎白說完憤怒地衝出門外。

透過玻璃，傑瑞米看得見依麗莎白在門外講手機，很明顯是在爭吵。

「講重點！不要——，不要換話題！」

「你是不是在跟誰約會？」她摒住呼吸。

「那女人是誰？」她開始顫抖。

「你們去死吧！」她大吼一聲。

傑瑞米靠著玻璃窗偷看，看著這個女孩充滿了憤怒與傷心地講電話，看著她結束電話、非常挫折地彎下身去，然後突然站起來走開。這時他看不到她，只聽見一記沈重

的金屬觸地的聲音。傑瑞米想，那是她的手機。然後聽到她狂喊一聲：「啊……！」

喊叫完，依麗莎白走進餐館，傑瑞米連忙回到吧台。依麗莎白沒注意，只是疾疾走向吧台，從皮包拿出一串鑰匙「啪」地放在傑瑞米面前。

「如果有人來找我，給他這串鑰匙。」不等傑瑞米回應，依麗莎白狂風驟雨地走出門外。

「那我要怎麼跟他說？」傑瑞米追上去問。

依麗莎白頭也不回地說：「跟他說他是個大混蛋！」便走了。

依麗莎白在路邊招計程車時仍怒氣沖沖：「計程車！」計程車沒聽見，直直開過去。依麗莎白在地上撿了一個果汁瓶子丟向計程車，然後往街的另一頭跑去，跑過果汁瓶子，還有剛砸壞的手機。

傑瑞米端詳了一下那串鑰匙，然後丟入一個裝滿了鑰匙的玻璃罐。玻璃罐裡的鑰匙形形色色，看起來身世各異。

依麗莎白第二天立刻去買了一支新手機，她有點後悔自己前一晚那麼衝動把它摔壞。她怕格雷打電話來她沒接到。她選了一支橙色的，格雷喜歡橙色，她希望新手機能爲她帶來好運。

　　她不願再打電話給格雷，因爲之前打了幾次，他都不接，或乾脆關機。這種被拒絕的感覺，比等待電話卻沒人打來還糟。但她又怕說不定會在哪裡遇見格雷，或格雷突然來找她，因此敏感得像隻小鳥，隨時留意著周遭的人，但卻因此常被一些自作多情的男人騷擾。

　　買手機時，就因爲她偶爾向門邊看去，就被站在門邊的一個留鬍子的男人留意上了，她的眼神遇到他時嚇了一跳，連忙轉開，但爲時已晚。她走出店外，鬍子男跟上她，問她：「要不要一起喝杯咖啡？」

　　鬍子男其實不太像典型的壞人，眼神甚至有點誠懇，只因爲濃密的鬍子遮住了大部分的表情，就令人覺得不能

信任。如果是從前，依麗莎白也許會跟他說上一兩句話委婉拒絕，但是現在，她對任何人尤其是男人，完全沒有一點心思，她冷冷地說：「走開！」便頭也不回地把他甩脫了。

她期盼的好運卻沒來，新手機突然變成了啞巴。整個晚上，依麗莎白除了哭泣，就是不斷地檢查手機，整夜不能成眠。連簡訊也沒有。垃圾簡訊倒是有一堆：貸款的、超市減價的、賣藥的…。她就怒氣沖沖地刪了。但刪除了簡訊，手機裡就什麼都沒有了，連過去的舊記錄也沒有，空落落的，好像被獨自關在空的地下室裡，依麗莎白又感到說不出的不安與寂寞。

朦朧睡去後不久，依麗莎白隱約感到格雷回來了。格雷輕輕在她身邊躺下。她想，不可能是真的。為了弄清楚是不是在作夢，依麗莎白伸手捏了捏他的臉和手，摸到他硬刺的鬍渣。她很高興，不是在作夢，是真的格雷，觸感如此真實。然後她就安心地睡著了。

早上醒來，身旁卻沒有人，只有枕頭還像睡前一樣斜放在她身旁，原來還是夢。依麗莎白哭了。

克

利歐區餐館晚上照例忙碌，空氣中有一種嗡嗡的喧鬧聲。傑瑞米喊著：「阿言德，十五號的餐好了嗎？」一邊回頭講電話：「喂？鑰匙？什麼鑰匙？這個週末我已經有一大批鑰匙了。」他把架上的玻璃罐拿下來，目光搜尋著裡面的東西。

他問：「妳是誰？哦，豬排的女朋友！我記得！」他直接挑出她的那串鑰匙，「啊，還在呢！妳要留話給他嗎？『大混蛋』嗎？好的，如果他來，我會跟他說。」

傑瑞米掛上電話，對著廚師叫道：「阿言德，客人已經等了十五分鐘。我奶奶做菜都比你快！」他又端起一疊盤子對一位侍者大叫：「馬格納斯！拜託，可以幫我一下嗎？要我等到哪一年！我只有兩隻手，我不是章魚！」

餐館員工來來去去，門口時常貼著徵廚師、徵侍者的啟事。總會有人來應徵，尤其是中南美洲的移民很多。他們學習力很強，墨西哥菜不用說，很快就學會做美國菜、

義大利菜、中國菜。如果去這些餐廳的廚房看看，會很驚訝，是那些墨西哥人在煮義大利麵或者炸中國春捲。但他們天性浪漫，不受拘束，工作都不容易久待，傑瑞米為此也很費神。

忙亂了一陣，終於到了打烊時分，傑瑞米拖著一大袋垃圾往餐廳外面走。依麗莎白推門進來，剛好與他錯過。依麗莎白看了一圈，餐廳裡一個人也沒有，有些失望，回頭出門，冷不防撞上正要進門的傑瑞米。

「嘿，他來拿鑰匙了嗎？」她問，眼神中有些期盼。昨晚的夢，她覺得仍有可能是個好兆頭。

「沒，還沒。」傑瑞米說。他點起一根菸，火光照亮他的臉，瞬間一亮又瞬息滅了。依麗莎白低下頭，轉身要走，但又停住。「你還有沒有菸？」

傑瑞米遞給她一支菸：「我自己捲的。」傑瑞米幫她點火。她湊上去吸了一口，突然開始大大咳嗽，咳得臉都紅了。

「妳還好吧？」

「還好。」她邊咳邊說：「我好久沒抽了。我只有緊張的時候才抽。」

「妳不該這麼煩惱，而且妳要小心肺癌啊。」傑瑞米想

用自嘲來搏她一笑。

「她長得漂亮嗎？」

「誰？」

「跟他在一起的那個女的。」

「還好。」傑瑞米補充：「不是我喜歡的型。」

依麗莎白沒說話，只是皺著眉抽菸，不知是菸燻得她不舒服，還是心煩。傑瑞米偷瞄她一眼，她若有所思。兩人這樣站了一會兒，依麗莎白走向玻璃窗，貼著玻璃往餐廳裡面看。

鑰匙還在罐子裡。那些鑰匙在路燈的反射下，像是一群在水族缸裡快樂游水的熱帶魚，沒有負擔，也與誰都不相干。傑瑞米無來由地感到抱歉，覺得好像自己也有點責任。但他什麼都沒說，只默默陪她抽完那根菸，看著煙霧沿著她的卷卷長髮緩緩將她包圍。

依麗莎白對他微弱一笑，就走了。

就在來克利歐區餐廳之前，依麗莎白才剛去過只有一街之隔的格雷的公寓附近等待。她在一家餐廳當女侍應生，這陣子她無心工作，請假請到無可再請。有時她會無

意識地晃蕩到從前與格雷常去的地方，有時她會去格雷家對面的街角，或坐或徘徊，或只是遠遠地望著。

鑰匙交給傑瑞米後，她常常如此。她不知自己究竟要如何。期待在這裡遇到格雷？或是遇到格雷與他的新女友？看到他們要如何？衝上去打一巴掌？還是哀求那女人離開？這樣她就會快樂嗎？依麗莎白每天悲傷又憤怒地在心裡演練著各種情況，但也都只是演練而已，她不知真正遇到時會如何。

幾個月前，格雷剛從阿肯薩探望母親回來，有一天她趁格雷洗澡，偷偷檢查了他的手機。她不是那種會偷看情人信件、手機的人。她從來沒想過要這樣做。或者說，她從來沒懷疑過格雷。但那次看到他手機擺在桌上，不知怎的，突然心念一動，就做了。現在想起來，都還感覺得到當時劇烈的心跳。

來電或打出去的電話都沒什麼可疑的，只有一則簡訊有點奇怪，上面寫著：「我要拿我的皮包。黛安」

依麗莎白頓時腦袋一轟。而就在此時，格雷突然打開浴室門大叫：「瑪德琳，幫我拿內褲！」依麗莎白怕他發

現，嚇得連忙丟下手機跳起來，本能地去幫他拿內褲。

瑪德琳是格雷母親的名字。如果此事發生在平常，依麗莎白一定會生氣，因為她總覺得格雷母親對兒子的佔有欲太強，而格雷一點都不反抗。但此時，依麗莎白受到簡訊的衝擊，只一心高興他叫的是他母親的名字，而不是黛安。

格雷拿到內褲時吻了她一下，看起來一點也沒意識到他剛剛叫她什麼。

依麗莎白冷靜下來以後，她想，如果是已有親密的關係，應該不會在簡訊上署名，況且，這個叫黛安的女人要拿的是她的皮包，不是耳環或是衣服這種私密的東西。也許格雷只是撿到她的皮包，輾轉找到她，她就傳簡訊給他約見面地點；也許是其他不重要的原因……。

依麗莎白發現，當她一開始查看他的隱私，之後她就會自動受到懲罰。因為既然犯罪證據並不明顯，她就不能開口問他這女人是誰。如果問了，格雷就知道她偷看他手機，如此，他們原先的信任基礎就毀了。但若不問，她又每天折磨自己無數次，假想各種可能，而更加疑神疑鬼。

於是有一天，她終於下定決心放棄這個秘密，徹底遺忘它，這樣，她才能回到原來的生活。從此，她再也沒有嘗試打開他的手機。

　　但格雷背叛她之後，過去種種又都浮現出來，依麗莎白現在只想問他，那女人叫什麼名字，是不是黛安？但她又問自己，如果不是黛安，就會比較好嗎？這樣就代表了格雷的背叛是最近的事，而不是更久以前？她沒有被欺騙得更久。但這又有何意義？

　　現在，最難的是，當已經不必再證明什麼時，她就得要面對真正的問題：要不要放掉？

　　該怎麼放掉這五年的感情？而此刻，她甚至不知道自己到底想要什麼。她無法阻止自己時常到格雷的公寓底下站一會兒。只是奇怪的是，她從沒有遇過格雷，或格雷與他的新女友。那個房間的窗戶，始終是暗的。

　　也許格雷知道我會來，所以就不在這裡出現吧，依麗莎白想。倒是來這裡站久了，她發現每天月亮上升到最高處的時間都不一樣，每天大約都比前一天晚五十分鐘。她本來以為自己的時間感因為悲傷而錯亂了，但後來觀察了

一陣子，卻發現月亮真是如此規律、如此平和地變化著。有一天，她站得疲倦，感到很深的挫折，便挺身拉直身體，想換個姿勢，結果一抬頭，月亮正不偏不倚地在上面看著她。她感到一陣溫暖。從前她只喜歡陽光，現在她認識了月亮。

只是她還是忍不住要打電話。常常當她確知他不在時，便撥他家裡的號碼——她不願打他的手機，她無法忍受他不接她的電話——癡癡聽著那一頭漫無止盡的電話鈴響，彷彿那一聲聲的鈴聲，就是他的聲音，或者是他的呼吸。這樣，她也就覺得安全滿足了，雖然她的心一直忐忑跳著，深怕萬一要是那一頭有人接了，她的心就要跳出來，堵住喉嚨，說不出話來。

第

二天晚上，打烊後的克利歐區，整個抽空了。依麗莎白站在外面，看進玻璃窗。傑瑞米拖著一大袋垃圾往外走，推門時看到依麗莎白站在外面，眼睛紅紅的，滿眼的憂傷。

「哈囉。」見她如此，傑瑞米語氣非常溫柔，好像不如此她就要碎了。

「嘿。」

「鑰匙還在。」傑瑞米只好先說，免得她問了又落空，傷害更大。

「我知道。我不是來看鑰匙的。」她深深地呼吸，吐出：「我需要找個人說話。你可以陪我嗎？」

「當然。」傑瑞米說，「進來吧。」依麗莎白進來，腳步如許沈重。

傑瑞米還要完成最後的清理工作，他加快速度擦桌子、拖地，偶爾瞄一下依麗莎白。依麗莎白坐在吧台椅上，轉頭怔怔望著從前她與格雷坐過的窗邊桌子，想像從這個角度看過去，過去的他們看起來是什麼樣子。應該很

幸福吧？她想。她把椅子轉回來，又看著吧台上玻璃罐裡的鑰匙，這些鑰匙現在看起來悽清慘白，像是她被燒毀後的殘破骨骸。

傑瑞米拖完地，收拾停當，端出一個托盤，上面盛著各種蛋糕和派，擺在吧台上。

「你覺得他會來拿鑰匙嗎？」依麗莎白顯然沒注意到這些看來美味的甜點。

「我不知道…，有的客人把鑰匙留在這裡，好幾年都沒拿。有時候他們過幾天就來拿，有時候隔好幾個禮拜。」

「嗯，大部分都隔多久？」

「大部分的鑰匙都一直留在這裡。」傑瑞米只好坦白。

「那你為什麼留著這些鑰匙？為什麼不乾脆丟掉？」

「不行…不能這樣。」

「為什麼不能？」

「如果我丟了這些鑰匙，那些門就永遠打不開了。能不能打開不該由我決定，不是嗎？」

空氣中一陣靜默。兩人都各自思考著這話的意義。

依麗莎白先開口：「我想我只是在找一個理由吧。」

傑瑞米拉來一張椅子，跨坐其上，面對著椅背和困惑的依麗莎白。「依我的觀察…，有時候不要知道比較好。而且常常其實是什麼理由都沒有。」

依麗莎白有點倔強：「什麼事都有個理由。」

　　傑瑞米把她的話想了一下，說：「就像這些派和蛋糕。」他拿起一個空托盤，「每天晚上打烊以後，起司蛋糕和蘋果派總是全都沒了。」又指著另一個托盤裡的說：「桃子餡餅和巧克力慕斯也都剩得不多。」傑瑞米把托盤裡剩下的桃子餡餅和巧克力慕斯扔到垃圾桶，然後端起盛著藍莓派的托盤：

　　「但是藍莓派幾乎永遠都沒有動過。」

　　「為什麼？藍莓派有什麼問題？」

　　「藍莓派沒問題。大家就只是點了別的。你不能說藍莓派有什麼不對。真的就只是沒有人點而已。」說著傑瑞米就要把藍莓派往垃圾桶扔。

　　依麗莎白心裡一動，攔住他：「等一下，給我一塊。」

　　傑瑞米看著她，眼裡有一點微笑：「要不要加冰淇淋？」依麗莎白點頭。

　　「馬上來。」傑瑞米輕快地起身去準備這份打烊後的點餐。

　　傑瑞米端來一片藍莓派和一大球香草冰淇淋，看得出裝飾得特別用心。「快吃吧，希望妳會喜歡。」

　　依麗莎白切下一小塊放進嘴裡，傑瑞米認真讀著她的表情。

「滿好吃啊，」依麗莎白說。微酸的藍莓和濃郁甜美的香草冰淇淋融化後互相作用，起了一種奇妙的化學變化。

「真的嗎？」傑瑞米很高興。

「你也該吃吃看。」依麗莎白說。

「沒關係，我還好。我也有我的。」說著傑瑞米舉起一大塊派，挖了一匙放入口中。

依麗莎白吃第二口時，思緒又飄到別處去了，傑瑞米注意到她睫毛上有些濕氣。他們就這樣吃著，偶爾悄悄看對方一眼，但只是悄悄的。

藍莓派與冰淇淋，以及此時帶點悲傷又有點快樂的奇異氛圍相互交融，竟顯出一種夢幻與性感。因此當附近的高架火車轟隆而過時，誰都沒有注意到。

依

麗莎白一滿十八歲，就離開紐澤西小鎮的家鄉來到紐約。她父親是警察，母親是超市收銀員，她還有個大她九歲的姊姊波莉。

父親因為轄區很少發生大事，所以多半時間臉上都能維持一種平和的表情。他身材不像許多警察那樣胖大，反而是另一種極端：瘦長，而且安靜。他時常開著車在轄區巡邏，依麗莎白小時候上學走在路上，常會遇到正在巡邏的父親，父親就會停車跟她像朋友似地打招呼：「妳好，卡維茲小姐。」「嗨，卡維茲警官。」

父親唯一的嗜好就是看籃球，球季一到，電視就是他的，不論母親怎樣抗議、生氣，他都不離開，逼急了，就脹紅了臉瞪母親一眼，這時母親也就不講話。但大多時候他們看起來還算和諧，至少依麗莎白沒見過他們有何激烈爭執。母親因為長期不斷的機械性結帳動作而得了慢性網球肘，有時發作要做復健，父親就會陪她去，晚上為她準備熱水袋。

對別人來說，超市收銀員的生涯應該很枯燥，但母親熱情、凡事好奇的個性卻扭轉了這個命運。只要有她在的場合，其他人都不必費心想話題。她對於鎮上每一家人的事情都瞭若指掌。她相信，只消看一個人的菜籃，就能知道他最隱私的內在。

哪個人的菜籃內容突然豐盛起來，就表示今天要招待客人；菜籃突然變得清淡，可能他最近失業還沒找到工作；保險套多半是年輕人買，他們的性生活通常比較頻繁，而且還不願意負擔有孩子或太多孩子的生活；年輕女孩來買驗孕棒的，就是可能有了麻煩，如果一陣子突然消失不見了，就是真有麻煩，如果過兩天來的時候仍高高興興的，那就是麻煩還沒找上門來。

對依麗莎白的母親來說，人生就是由各種麻煩構成的，差別只在於麻煩已經找上門來或是還沒有。母親把一切都看在眼裡，回家一股腦兒全告訴丈夫——秘密永遠都需要一個出口。母親的出口就是父親，父親還曾經根據母親的分析，破了一樁殺人未遂案。

依麗莎白多半時間都活在她自己的世界裡。姊姊波莉大她九歲，二十歲就嫁人了。依麗莎白曾經很遺憾自己的

童年沒有其他小孩作伴。但她十八歲決定離家到紐約時，就突然明白了姊姊為何那麼早結婚——因為任誰都會想離開這個父母建構的平凡無趣的世界，自己去創造另一個世界。

結果一過橋，果然是另一個世界。

在紐約謀生不難，依麗莎白賣過衣服、在美髮沙龍工作過。紐約怪人很多。她在美髮沙龍時，曾有個光頭走進來說要洗頭、理髮。她沒洗過光頭，水一沖到頭上，水花大大四濺，旁邊的人都叫嚷起來。依麗莎白才知道頭髮的一項周邊功能是吸水，沒有頭髮就不能吸水。

這光頭又要求把頭刮得很乾淨，但他進來時已經很乾淨了，髮型師小心翼翼才只刮傷了兩處，心驚膽戰怕光頭會跳起來，但光頭卻一聲都沒有抱怨，還談笑風生。依麗莎白懷疑他的頭是假的，這只是電視整人節目的花招。

類似的事不勝枚舉。當怪人遇得越多，她越習以為常時，依麗莎白便感覺自己已成為紐約的一部分了。

依麗莎白就這樣在紐約獨自生活，每年回紐澤西過耶

誕節，再回紐約。她的感情生活十分平淡，除了在家鄉交過一個男友，沒有太多深刻的感情經驗。在紐約，對她表達好感的男人不少，她也試著與其中幾人約會過，但沒有真正令她心動的，之後也就不了了之。

偶爾她在店裡看到漂亮的咖啡杯，會忍不住買兩個同樣的。但結局總是其中一個被她不小心打破，剩另一個單身孤伶伶的她繼續用。直到她遇到格雷。

深

夜的克利歐區一如往常。傑瑞米走近依麗莎白，依麗莎白把頭靠在吧台上，不知在想什麼，但至少看起來很放鬆。傑瑞米在她面前放了一塊藍莓派和冰淇淋：「來了。一樣的哦。」

然後他在吧台後面繼續做清理工作。依麗莎白舉起一小匙派，放在嘴前。她注意到傑瑞米在看她，便停下來。
「你幹嘛看我？」
「我們可以從一個人吃東西的樣子看到很多事情。」
「講話也可以啊。」
傑瑞米有點羞澀：「可是我從來都不知道該說什麼。」

她開始每天晚上來吃一塊藍莓派。剛開始我以為她喜歡這種派，但漸漸的我懷疑，她是否只是無處可去。

依麗莎白吃第二口時，發現傑瑞米還在看她。她站起來走到靠窗的桌前坐下，這樣傑瑞米就看不到她了，傑瑞米覺得很好笑。

依麗莎白就這樣天天來這裡，坐在吧台上，吃一塊藍莓派。她與傑瑞米也漸漸無話不談。於是有一天，依麗莎白坐在吧台，看著玻璃罐裡的鑰匙，說：「你可以跟我說說這些鑰匙的故事嗎？」

　　「為什麼？」

　　「我只是好奇為什麼這些鑰匙後來會到了這裡。」

　　傑瑞米把鑰匙罐放到依麗莎白面前：「隨便挑一個。」

　　依麗莎白像抽獎那樣伸入罐裡拿出一串鑰匙交給傑瑞米。傑瑞米端詳了一會兒，回憶起一個故事。

　　「這是幾年前一對年輕夫妻的。他們那時候天真的以為可以一輩子在一起。」

　　「發生了什麼事？」

　　「發生的事就是，」傑瑞米有點不知該從何說起，便說：「生命啊，事情啊，時間啊，就是這樣。」他停了一秒，心裡閃過許多片段。那對夫妻長得都很漂亮，常常手牽手來這裡吃飯。然後事情就有了變化⋯。但他什麼都沒說，因為旁人永遠無法為他們說明什麼，傑瑞米只能跟依麗莎白說：「所有的故事幾乎都是這樣。」

　　「或者也許其中有人跟別人不一樣。」依麗莎白不肯放棄。

　　「或者也許只是沒有感覺了。」

依麗莎白盯著傑瑞米，好像他的話觸動了她內心深處的一條敏感神經。

依麗莎白從認識格雷的那一天開始，就沒想過有一天會和他分開。因為她覺得兩人的相遇太奇妙，就像是在茫茫人海裡，兩人奇蹟似地答對了彼此的通關密語，阻隔在中間的那扇門，就突然打開了。

依麗莎白平時總是獨來獨往，走路也不太看人，紐約那麼大，她還時常迷路，但與格雷卻連續三個週五的下午兩點左右，在同一條街的同一個轉角差點撞上。

第一次，他們幾乎頭碰頭地撞上，因為兩人都低著頭走路。互相道歉之後，依麗莎白就立刻忘了此事。第二次，他們還沒撞上，就本能地彈開，依麗莎白覺得他有點面熟，然後立刻發現是上次那個人。男人也很驚訝，笑說：「是妳！」依麗莎白回報他一個微笑，注意到他的眼睛很迷人。

到了第三個週五，依麗莎白有些忐忑、猶疑：要不要像前兩週那樣，在下午兩點的半小時休息時間裡，到下一條街的小咖啡館喝咖啡。其實她並沒養成習慣，因此並不

一定要去。那個男人的影子隱隱浮現，又被她按住。如果還是照同樣的時間路線走去，遇到那人，就顯得她是刻意要去遇到他。如果沒遇到他，她又顯得太自作多情。但如果不去，就一定不會遇到他。不遇到他會怎樣？依麗莎白自問。她心裡立刻生起一股失落感。

她只好假裝很自然地、不記得任何事情地準時走向那個街角。沒想到，那個有一雙迷人眼睛的男人，已經靠在街角的牆邊等她了。

依麗莎白的心臟跳到口邊，又被她嚥回去。後來才知道，兩人的工作地點相距不遠，下午兩點，正好也是格雷的半小時休息時間，他要去下個街口找朋友，他在一家電器行做售貨員。他們都不相信奇蹟，但這樣的巧合卻發生在他們身上，依麗莎白覺得，他們答對了彼此的通關密語，意味著他們不會再分開。

他們度過了十分甜蜜的時光。往後的下午休息時間，兩人就一起去喝咖啡。下了班，就一起吃飯。吃完飯一起回家，回格雷的家，或依麗莎白的家。幾個月後，依麗莎白就搬到格雷公寓附近了。

依麗莎白剛到紐約時，有人介紹她跟一個老太太同住，房租便宜到不可置信。那時那時她身無分文，自然立刻答應。老太太住在面對哈德遜河的高級公寓裡，公寓雖老，卻看得出它曾經非常燦爛。建築外表是灰色的沉積岩，因年代久遠顏色變得更深。公寓內部是木造，房間很多，走到某些區域時，會發出嘎嘎的聲音，這時依麗莎白就要放慢腳步小心地走。覺得自己是一隻女鬼。

老太太叫妮娜，她父親是一九三〇年代美國駐歐洲某國的大使，她顯然是繼承了父親的房子。妮娜約七十歲，身材瘦小，說話優雅，眼神銳利。她告訴依麗莎白，只能使用她自己的房間，不能走到其他的公共領域如廚房、起居室和客廳。妮娜給她的家具比妮娜還老朽，但幸好依麗莎白的房間有兩面窗可俯瞰哈德遜河，她仍非常高興。

妮娜不准她帶朋友來。依麗莎白與格雷交往後，格雷有一天趁妮娜不在，偷偷潛入公寓，格雷四處走動觀察，發現那些房間裡，幾乎都堆著各種老舊雜誌、報紙，包括一九三〇年代至今的紐約時報。妮娜似乎從不打掃，灰塵有一吋那麼厚。那些房間裡偶有妮娜的腳印，一吋厚的灰塵裡的腳印。至於妮娜常走的通道，則被她走出一條細窄的小路來——路旁仍是厚厚的灰塵。

依麗莎白決定要搬到格雷的住處附近，她告訴妮娜她不再住了。妮娜一言不發，轉身出門。依麗莎白忐忑不安，害怕會遭到不測。一會兒妮娜回來，帶給她一包精緻的巧克力。

依麗莎白只有想到過去的甜蜜時光時，她憂愁的臉才會像被微風拂過，露出一絲笑意。她想到，有一天她與格雷休假逛街，突然很想吃上城的一家義大利冰淇淋，她最喜歡那家店的香草櫻桃口味冰淇淋，但當時距離那家店很遠，因此又惆悵起來。

結果多麼巧，她一低頭，突然看到地上有一張廣告紙，仔細看竟是那家店的冰淇淋紙墊。格雷沉默了一會兒，當場推理起來：「紙墊是用來包冰淇淋捲筒的，冰淇淋容易融化，買冰淇淋的人不可能走太遠，一定是邊走邊吃，所以這附近必然有一家分店。」

依麗莎白好興奮，他們一起繼續推理：「這張紙雖然有點灰塵，但還算新，所以被丟棄以後，風吹的距離不至於太遠，如果加上吃一份冰淇淋大概五到七分鐘，所以那家店距離這裡大概有十分鐘的腳程。……」他們向附近的人一問，果然兩條街外有一家分店。

這樣的甜蜜時光不知何時開始，就漸漸不再了。通關密語原來是有期限的，失效以後，就沒有感覺了。但，是從哪一刻開始沒有感覺了？

「叩

、叩、叩！」傑瑞米輕輕敲著吧台，依麗莎白回過神來，見傑瑞米很認真地在端詳她，並且對於她的分神表現出體諒的態度，她有些尷尬，連忙拿起一串鑰匙問他。「那這串呢？」

傑瑞米說：「這是一個老太太的……。」

那天晚上，傑瑞米告訴她不同的鑰匙故事。對傑瑞米來說，要回憶這些故事並不難。雖然有些細節可能略有出入，但所有的故事幾乎都差不多。包括他自己的。

依麗莎白聽了一個又一個故事，晚上過了大半，她仍不斷問著，渴望在每個故事裡找到與自己相似之處，彷彿必須要通過別人的故事，她才能得到治療。然後，她在幾乎半空的鑰匙罐裡勾出另一串鑰匙。「那這串呢？」

傑瑞米的臉抽動了一下，有一點東西在他臉上迅速擴散。他盯著鑰匙一會兒，空氣中有一種靜默的張力與傷感。

「這串鑰匙的主人，是一個英國曼徹斯特來的年輕人，他有個夢想，要從紐約開始，跑遍這個國家所有的馬拉松賽。他想把所有的經歷記錄下來。結果是，他遇到一個俄羅斯女孩，然後他開了一家餐館…」傑瑞米繼續：「他把鑰匙給了俄羅斯女孩，這個這個女孩喜歡蒐集鑰匙，喜歡看日落。只是，她愛日落比愛鑰匙還多，然後，某一次日落之後，她消失了。」

依麗莎白非常專注地聽著，好像還在等待更多，但是沒有了。她可以理解傑瑞米為何要用第三人的語氣敘述自己的故事，因為唯有如此他才能說得出口。她看進傑瑞米的眼睛，裡面有一絲悲傷。「你為什麼不去找她？」

傑瑞米停了很久，才說：「小時候，我媽週末常帶我到公園去玩。她說如果我迷路了，就要待在一個地方不要走開，她會來找到我。」

依麗莎白很新奇：「有用嗎？」

「不一定。有一次她找我的時候，自己迷路了。」傑瑞米換個話題：「要不要再來點冰淇淋？」

「謝謝，不用了。」

「確定？」

「沒錯，這樣就好。」

傑瑞米走開，到後面去整理東西。依麗莎白想到自己這些日子如此倚賴傑瑞米，不斷地說自己的痛苦，希望為自己的創傷找到撫慰。但她沒想到很少談自己的傑瑞米，也有一段傷心往事，她因為太沈浸在自己的痛苦裡，一時間竟不知該怎麼安慰他。她所能做的，只是舀一匙藍莓派，放入口中，咀嚼那酸酸的滋味。

傑瑞米頂下這家小餐館時，原本是有監視器的，但壞了，他也沒想到要修它。後來有一陣子，倉庫裡的食物明顯短少，收銀機裡的鈔票數目也不太正常。他便暗暗把監視器修好，結果發現食物是女侍拿的，錢是一個廚師拿的。他們大概以為拿了不屬於自己領域的東西，別人就不會發現。

傑瑞米把兩人開除後，卻也養成了每天晚上打烊後，把當天的錄影再看一遍的習慣，反正他一個人也無事可做。特別是在心情煩悶的時候。

女友離開後，傑瑞米很慶幸當初修好了監視器。他一遍遍在錄影帶裡看她高興時的微笑、煩亂時的怒氣沖沖。想從她的表情裡找到一點蛛絲馬跡：到底是哪個時間點讓

她決定離開？到底是哪裡出了差錯，讓她決定離開？

傑瑞米卻是每看一次，心裡的痛苦越加深一些。他找不到答案。

慢慢的，他讓自己從那些沒有答案的影像裡掙脫出來，開始觀察店裡其他客人的動作與表情。他會特別注意那些情侶，看男人講話時，女人是真心想聽，還是只是不想掃興地應付一下？有時他看到一對夫妻在整個吃飯過程中，幾乎一句話都沒說。有時他看到女人興高采烈比手劃腳，但是男生卻不自覺的向後靠在椅背上。

所有的事情都有徵兆，只在於是否發現。傑瑞米從客人身上看到了自己。

而後來，那個令他難忘的一天，發生了那麼多混亂的事，也使得他不得不一再迴轉、反覆重看，他的心就像錄影帶的軌跡，每一次看，就磨損更深一些……。

錄影帶裡，他在櫃台後方準備依麗莎白等一下來要用的餐具。

依麗莎白還沒來，他邊吃三明治邊等她。他看起來心情很好。然後依麗莎白來了，坐上吧台，她的表情有點怪

怪的。

他微笑問她：「妳今天晚了哦！還是藍莓派？」

她板著臉沉吟了一聲，「不用了，謝謝。我可以拿回我的鑰匙嗎？」

傑瑞米很驚訝，嘴裡還有一團食物來不及嚥下。「…哦，當然。」

傑瑞米在罐裡撈鑰匙，撈了很久都撈不到。依麗莎白沉默地等待。

「你們和好啦？」（雖然這一段已經看了好幾次，但傑瑞米每看到這裡，心裡就感到一陣酸楚。）

傑瑞米終於找到鑰匙，抓在手中。依麗莎白抬頭，看著他手裡的鑰匙。

「謝謝。」依麗莎白從他手裡扯出鑰匙，匆匆走了。

傑瑞米呆立著，眼睜睜看著她走出門。

（傑瑞米快轉錄影帶，然後按Play。這是當天稍晚。）

兩個男人在爭執。A男人說：「現在就試試看怎樣？」

傑瑞米說：「你們在幹什麼？」

B男人說：「好啊，如果你覺得這裡空間夠大的話。」

傑瑞米：「嘿！好了好了，你們要打就到外面去打！到外面去！」傑瑞米上前去分開兩人。

A男人把他推開，說：「關你屁事啊！你這個小白

臉！」

　　傑瑞米警告：「別惹我！滾出去！」

　　兩個男人滾出去後，傑瑞米才突然想到什麼似地：「喂！你們還沒付錢！」邊喊邊追出去。

　　（快轉，Play。）傑瑞米從外面進來時，搗著流血的鼻子。他從地上拿起一包餐紙擦著血。然後靠在櫃台上，按住鼻子。不到一分鐘，依麗莎白走進來，也搗著自己流血的鼻子：「能不能給我一張面紙？」

　　傑瑞米很驚訝，立刻察看她的臉：「妳怎麼了！他打妳嗎？」

　　「沒啦！」

　　「那是怎了？」傑瑞米給她面紙。

　　「我在地鐵被搶了。」依麗莎白按住鼻子。

　　「我以為豬排住在附近。」

　　「他是住在附近。」

　　「那妳在地鐵做什麼？」

　　「我只是需要一點時間做心理準備，」依麗莎白有點窘，不好意思看他。「那時候還有幾站就要下車了。我也不知道，我只是…再回神的時候，我已經到了布朗克斯了。」

　　傑瑞米扶起一把倒在地上的椅子，讓依麗莎白坐下，

再扶起另一把，自己坐下。

「這真是一個有趣的準備自己的方式。」

「我一向不太會面對面處理這種問題，有些人很行，但我就不行。」

「妳還好嗎？要不要報警？」

「不用不用。反正也沒被搶多少。而且我也踢了他的老二。」

「哇，不會吧！？」

他們相視而笑。

（不知怎的，雖然她受傷了，但他看到她回來找他，便湧起一股幸福感。即使現在再看，那種幸福感仍甜甜地湧上來。）

「那你是怎麼了？」依麗莎白關心地看著他的臉。

「我巧克力吃多了，火氣大。」

依麗莎白一副不太相信的表情。

（錄影帶的畫面此時顯得不太穩定。但仍可見到傑瑞米為她準備了食物，依麗莎白要了一瓶啤酒。此時傑瑞米也注意到監視器好像有異樣，便拿來梯子，站上去調整。因此現在傑瑞米看到自己的臉顯得很大。）

依麗莎白坐在她的桌前喝啤酒，看起來沮喪、生氣，又迷惑。

「你的監視器怎麼了？」

「我也不知道。它這幾天心情很糟。」

「裝監視器恐怕也不能阻止人家偷東西吧？」

「也不一定。」傑瑞米從梯子上下來，走到吧台後方。

「可是我喜歡這個攝影機，因為對我來說，它就像寫日記一樣。妳能瞭解嗎？」

傑瑞米繼續說：「有些晚上，我把帶子倒回去看，我非常驚訝我漏掉了多少發生在眼前的事情。」

依麗莎白嘲諷地說：「你一定有好多帶子。」

傑瑞米：「我沒有都留下來。我沒那麼變態。」他輕巧地跳過吧台：「我只看一些重要的。」

依麗莎白想到一點什麼，她啜一小口啤酒，然後鼓起勇氣：「我可以看嗎？」

「當然啊，過來吧。」

依麗莎白站起來，走到吧台後方。兩人消失在鏡頭裡。

（傑瑞米當然記得，那天晚上，兩人坐在吧台後方的地板上，看著監視器螢幕。他們看了好幾捲帶子。雖然依麗莎白沒說她是否看到了豬排，但她哭了。她把頭靠在傑瑞米肩上，傑瑞米輕聲安慰她。）

（快轉，Play。）兩人從吧台後方出現在畫面裡。看完帶子的依麗莎白有些蒼白。她坐回座位上，狼吞虎嚥著派、冰淇淋和啤酒。不在畫面裡的傑瑞米，站在餐館外面，抽著菸。他往窗內偷看著依麗莎白。

抽完菸，傑瑞米走進來，收拾東西，擦著那些派的展示盤。他一抬頭，突然發現依麗莎白睡倒在吧台上，旁邊全是派的碎屑和融化的冰淇淋。他怕吵醒她，輕輕幫她清理乾淨。

他看著她，發現漏了一個地方。

依麗莎白嘴唇上殘留著一點冰淇淋。傑瑞米靠近，看著它。睡著的依麗莎白，正沉穩而有節奏地呼吸。（傑瑞米的心狂跳起來）

傑瑞米靠向她的唇，輕輕地、久久地、充滿感情地吻了她。

吻完，他往後退開。依麗莎白輕輕動了動她的唇，嘴角有朵朦朧的微笑。

她知道發生了什麼事嗎？

那天晚上她把鑰匙留在這裡，就沒再回來。

當你開了一家餐館，你就會習慣客人來來去去沒有任何解釋。這是你要承受的。

但這次，事情是不一樣的。

第

一天，紐約

　　格雷的公寓在一個街頭的轉角，不遠處的上方是高架火車。夏天的晚上很安靜，此時一列火車呼嘯而過。

　　這棟公寓對面的一個寂寞街角，站著依麗莎白，她看起來如此失落又不確定。不寬的街道，像一條灑滿流光、永遠也游不到對岸的河。她遲疑著，不知該不該走到對街去。彷彿她擔心的是，若踏入河裡，就會溺水而死。

　　她注視著那個有亮光的窗戶。窗裡有個神秘的影子，像咒語般，不斷召喚她走過去。

　　依麗莎白的心頓時糾結起來，過去種種，像電影畫面一樣在她腦中迅速一幕幕轉換。她想像過無數次再度與他見面的情景，但都是散亂不成形的。她無法想像從此與這個有深厚感情的人再無關連，但也無法想像，他們若再復合，她的感情是否能像從前一樣。而即使是道別，她都沒

有準備好。

突然……。

一個長髮年輕女人出現在窗旁。那個熟悉的影子過來
抱住她，與她熱烈地吻著。這個窗戶變成了電影銀幕，這
才是現在正在演出的電影。她的已然成為過去。

依麗莎白別過頭去，覺得自己是一條化成泡沫的人
魚。

要怎麼跟一個你無法想像沒有他要怎麼活下去的人說
再見？我沒有說再見，我什麼都沒說，我只是要走了。

那天晚上，我決定要走一條最遠的路，離開那條街，
對那個與我有五年感情的男人說再見。

一列地鐵火車轟轟輾過這個寧靜的夜晚。

雖然接近秋天，曼菲斯的天空還是很高，陽光依然很
強，遠方的高樓很少，街上的人們看起來也閒適得多。這
樣的南方風景與忙碌擁擠、高樓處處的紐約，自然是完全
不同，令人有一種置身七○年代的錯覺。

長廊餐館外面的馬路上，一輛街車隆隆駛過。這種在
軌道上行走的街車，通常開得很慢，反正也沒有人急著趕

路。

此時不是用餐時間，餐廳的客人很少。依麗莎白和餐館經理站在吧台旁講話。經理說：「上班時間是早上十點到下午四點。兩點以後的任何時間可以找半小時休息。薪水不多，但休息時可以吃菜單上的任何東西。妳可以接受嗎？」

「可以。」長髮挽起的依麗莎白說。

離開紐約那天，依麗莎白搭的是夜間的灰狗巴士。她甚至沒注意巴士的目的地，她只確定是往西就好。這些天以來，巴士走走停停，載她到哪裡，便是哪裡。有時她在一個地方停一兩天，看看逛逛，再上車往下一個地方。錢不夠用了，她就多住一陣子，在餐廳打工，賺些旅費。

她總是搭夜間巴士，那時燈光黯淡，鼾聲連連，依麗莎白便想像自己在荒野中，一群獅子在對她吼叫，而她勇敢地面對牠們，如此便能稍稍沖淡離開紐約、離開一切的不安。她睡睡醒醒，窗外暗了又亮，亮了又暗，她的眼淚也濕了又乾、乾了又濕。

這一站曼菲斯也只是路過，不是她主動的選擇。她有時無法決定是否要住在某個地方，就擲銅板決定，擲銅板

是一個女巫教她的。

　　紐約住著比人們想像的還多的女巫。這個叫做「烏蘇拉」的女巫是依麗莎白以前工作的餐廳同事介紹的。同事見她失戀後每天心神不寧，就對依麗莎白附耳說道：「這個女巫很靈驗，妳一定要去見她。」這個女巫曾經幫她發現了她原本不知道的丈夫外遇，女巫也給她一些指示，讓她成功挽回了丈夫的心。

　　女巫烏蘇拉是阿根廷來的，看起來約四十出頭，除了牙齒中間有一條明顯的縫，外表與一般人無異。她穿著成衣店買來的花色凌亂的薄袍子，坐在一張不知是真是假的豹皮上，讓依麗莎白抓一把貝殼：「對著貝殼吹一口氣，然後灑在這個盤子上。」

　　灑在盤子上的貝殼，必定顯示了神秘的訊息，依麗莎白還未開口，女巫就說：「那個男人不會回來了。」

　　依麗莎白一聽，淚水立刻湧出，哭得不可抑遏。女巫皺起眉頭，等依麗莎白哭聲稍歇，她說：「妳會好的，經過一段時間，就會有美好的事情發生。」依麗莎白聽不進去，這種安慰的話誰都會說。

女巫嘆一口氣,告訴她:「當妳遇到無法抉擇的事情時,就丟銅板決定。」然後揮手叫下一個,後面還排了許多人。依麗莎白覺得她根本是個騙子。

但說也奇怪。從前依麗莎白凡事倚賴格雷,格雷的事情由他自己決定,兩人共同的事情也交給他決定,後來,連她自己的事情,也都要問格雷。因此失去格雷以後,她的生活立刻傾斜。該吃飯時,她常站在街角發呆;超市買東西,也常在貨架旁失神。有一天,她想起女巫的話,就拿出一個銅板遮遮掩掩在手中一擲。奇妙的是,每次一擲,都一定有個明確的答案。如此,倒也幫她度過了一些困難時光。

依麗莎白與格雷曾經計畫,要租車向西一路旅行到加州再回紐約。但永遠都有新的事情阻止這個計畫,格雷的母親生病、格雷的腳受傷、假期不夠長、兩人吵架……。

最近這段時間,依麗莎白的生活混亂、心理無靠,唯一抓住的浮木,是傑瑞米。對依麗莎白來說,傑瑞米是個可以信賴的人,他同情她,願意傾聽她。在這樣的困難時光裡,有個人願意如此對待她,她已經非常感激。

她沒想過交往別人來報復格雷，因為她很清楚自己，五年來格雷早已在她心裡佔據了所有的空間，就算他走了，她心裡抽空的那個地方，也充滿了他的聲音、氣味、話語、形象，一時之間，不可能再容下其他人。

　　她只能離開。讓時間幫她改變一些事情，幫她準備好。

　　依麗莎白的行李很簡單，只有幾套換洗衣物，連手機都留在紐約。因為單是她自己，就已經太沉重了。

　　依麗莎白住在長廊餐館附近的汽車旅館，她不打算久待，賺一點旅費，就往下一站。每天她直接穿著制服上班，通常都在快要遲到的時刻才匆匆跑下樓。正在拖地的清潔工就會問她：「小心啊，怎麼跑這麼快？」

　　此時是用餐時間，長廊餐館生意很忙，經理在吧台後面對依麗莎白吼叫著，依麗莎白一邊答應著，一邊記下客人的點單，旁邊還有好多盤等著上菜的食物。依麗莎白跑進跑出，忙得好像喜劇裡的快動作。

　　親愛的傑瑞米，就如你在這張明信片上看到的，我在

田納西的曼菲斯。

經理大叫：「喂！麗琪，妳還不趕快來處理這些外帶！」

依麗莎白在這裡叫做麗琪，是她隨便取的。她每到一個地方，就為自己取一個新的名字，這樣就可以與過去的依麗莎白暫時區隔。換一個新的身份，也許就能有新的一雙眼睛看事情。

依麗莎白匆匆過來：「來了！」經理皺著眉：「快點！」經理很壯碩也很兇，生意一忙就會亂罵人。

我花了很長的時間才到這裡。但我不確定會在這裡待多久。

依麗莎白端著三盤食物一一上菜。端盤子對她來說不是問題。

白天，我在城裡一家小餐館打工。

比較麻煩的是處理客人的各種問題。一個男客人招手

叫她：「我要的不是黃色的美國起司，是另一種比較白的。」

依麗莎白仔細看，覺得奇怪：「這不是嗎？」

男客人：「不是！」

晚上常睡不著，所以我又在附近的一家酒吧做侍應生。

晚上的戴夫酒吧，從裡面看出去，外面正下著傾盆大雨。矮壯的中年酒保特拉維斯在吧台後方，忙著調酒和喊客人的點單。依麗莎白忙著跑來跑去送飲料。

這裡有點悶，但小費還不錯。兼兩份工作真的很累，但起碼讓我有事可忙，而且更重要的，讓我沒空想到他。

兼兩份工作，等於完全沒有休息時間。白天餐館工作結束回到旅館，依麗莎白往往立刻倒在椅子上，疲憊不堪。

我常常想到他。我是說，他是我生命中唯一重要的人。我也許已經把他從我生命裡剔除，但是…，我還無法把他從我心裡剔除。

可以休息的時間很短，馬上又要趕到酒館上班。依麗莎白跳起來，猛地推門而出。

依麗莎白躊躇了很久，才把明信片寄給傑瑞米。離開紐約，依麗莎白感到自己彷彿與生命的某個部分失去了聯繫，有如離開岸邊獨自向無際的大海游去。她需要與人聯繫，唯有聯繫，她才能相信自己有一天還會循著原路回來。一路上，她把這一張張的明信片寄給傑瑞米，當成是為回家的路做的記號。但這又只能是單向聯絡，因為她不斷地移動，居無定所，也因為，她還沒有找到自己……。

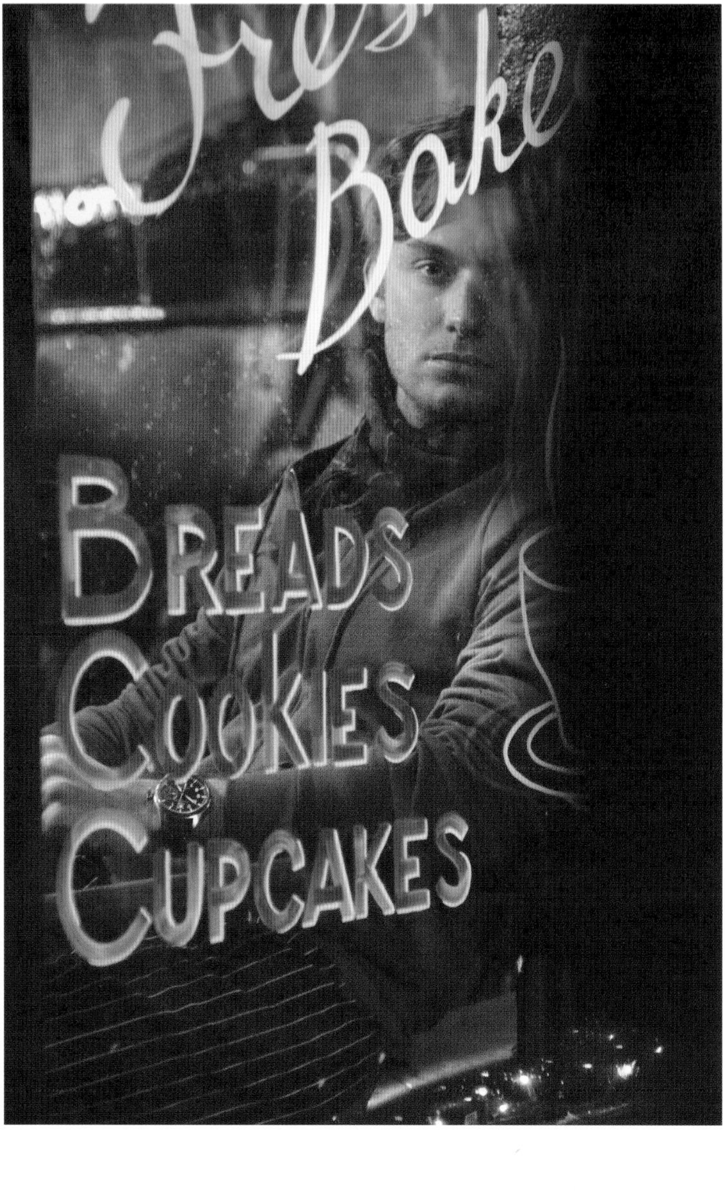
Bake
BREADS
COOKIES
CUPCAKES

10550

台北市南京東路四段25號11樓

大塊文化出版股份有限公司　收

地址：

縣　　市　　　市/區　　　鄉/鎮

街　　路　　段　　巷　　弄　　號　　樓

（請寫郵遞區號）

大塊文化 讀者服務卡

謝謝您購買本書!

如果您願意收到大塊最新書訊及特惠電子報:

— 請直接上大塊網站 **locus**publishing.com 加入會員,免去郵寄的麻煩!

— 如果您不方便上網,請填寫下表,亦可不定期收到大塊書訊及特價優惠!
   請郵寄或傳眞 +886-2-2545-3927。

— 如果您已是大塊會員,除了變更會員資料外,即不需回函。

— 讀者服務專線:0800-322220;email: locus@locuspublishing.com

姓名:＿＿＿＿＿＿＿＿＿＿＿＿＿＿　性別:□男　□女

出生日期:＿＿＿＿年＿＿＿＿月＿＿＿＿日　聯絡電話:＿＿＿＿＿＿＿＿＿＿

E-mail:＿＿＿＿＿＿＿＿＿＿＿＿＿＿＿＿＿＿＿＿＿＿＿＿＿＿

您所購買的書名:＿＿＿＿＿＿＿＿＿＿＿＿＿＿＿＿＿＿＿＿＿

從何處得知本書:1.□書店 2.□網路 3.□大塊電子報 4.□報紙 5.□雜誌
　　　　　　　　6.□電視 7.□他人推薦 8.□廣播 9.□其他

您對本書的評價:
(請填代號 1.非常滿意 2.滿意 3.普通 4.不滿意 5.非常不滿意)
書名＿＿＿＿ 內容＿＿＿＿ 封面設計＿＿＿＿ 版面編排＿＿＿＿ 紙張質感＿＿＿

對我們的建議:＿＿＿＿＿＿＿＿＿＿＿＿＿＿＿＿＿＿＿＿＿＿

＿＿＿＿＿＿＿＿＿＿＿＿＿＿＿＿＿＿＿＿＿＿＿＿＿＿＿＿＿＿＿＿

＿＿＿＿＿＿＿＿＿＿＿＿＿＿＿＿＿＿＿＿＿＿＿＿＿＿＿＿＿＿＿＿

＿＿＿＿＿＿＿＿＿＿＿＿＿＿＿＿＿＿＿＿＿＿＿＿＿＿＿＿＿＿＿＿

第

五十七天。**距離紐約1120哩。**

　　酒精混合著各種情緒的氣味，瀰漫在晚上的戴夫酒吧裡。在酒吧裡待得久的人，通常只有兩種，一種是飲酒作樂，一種是借酒澆愁。

　　獨坐在那頭的一個滿臉悲傷的中年男人，就是在借酒澆愁。一個人是否悲傷，從他臉上的線條就可以看出來。他臉上那一條條向下的線條，顯示出正有一股強大的力量在拉扯他。他整晚坐在那兒，他沒理會別人，別人也不理會他，與他為伴的只有酒。

　　依麗莎白走到後方小廚房，珊蒂正在那兒喝咖啡，準備下班。

　　珊蒂見了她，打招呼：「嗨，小妹妹。」

　　「嘿，珊蒂。妳要回家了？」

　　「應該說，我是要離開這裡。」聽起來珊蒂還有節目。

　　依麗莎白有些羨慕：「真希望我也可以。」

「有什麼問題嗎？」

「那個人啊，我看他好像永遠不會離開。」

「哦，妳是說阿尼啊。孩子，不要擔心他，他大概只是失去了時間感。」珊蒂說：「不過如果妳現在想下班，那就把帳單拿給他，讓他簽名就好。特拉維斯讓他簽帳。」

「他都留這麼晚嗎？」

珊蒂望了望阿尼，阿尼看起來醉醺醺的，他的身體好像已經不太聽自己的使喚，頭搖來擺去的，舉杯一飲而盡，把杯子放回桌上時，杯子差點掉到地上。

「他永遠都是。」珊蒂說：「他開始喜歡喝威士忌，而且喝得過頭的時候，他老婆就離開他了。或者也有別的原因，我不記得了。不過我不需要跟妳講太多。」珊蒂把錢包放好。「妳在這兒做久了，就會看得出來了。晚安，親愛的。」

「晚安。」

珊蒂走了。

依麗莎白看看阿尼。阿尼坐在那兒，看起來更茫然了。依麗莎白走過去，把帳單放在他面前：「這是你的帳單。」

阿尼緩緩抬頭看她，然後低頭看帳單，看了很久，好像那是一本書。

「只有八杯嗎？」他的聲音因酒醉而顯得遲鈍拖長，

「我發誓，至少有九杯。」

「沒有，就是八杯。」

「妳有筆嗎？」

依麗莎白遞上筆。

「我沒見過妳。妳是新來的嗎？」

「我幾天前才來的。」

阿尼阿尼簽了帳。

「妳有名字嗎？」

「麗琪。」

「麗琪…，好吧，很榮幸趕上今天認識妳，麗琪。」

「什麼意思？」

「就是，妳從現在開始，不會常看到我了。」

「為什麼？」

「我沒什麼理由常來。」阿尼停頓了一下：「明天起我要開始戒酒。」

「哦…。」

阿尼把簽好的帳單給她：「沒錯。所以，妳就把這個給特拉維斯。告訴他，我會給他一張支票。」

「好…。」

阿尼從口袋裡掏出錢包。給她一些鈔票。「這是給妳的。」然後又留下一張皺巴巴的十元鈔票在吧台上就走了。

依麗莎白拿起鈔票和簽帳單，有點笨拙地對他微笑：「謝謝…。」

阿尼點點頭，往門外走。

「再見。」依麗莎白說。她把帳單黏在收銀機旁。

但白天的阿尼，又變成另一個人。他穿著警察制服過街到對面的長廊餐館時，看起來很壯，很有警察威嚴，如果這時候有個搶匪搶了東西要跑，他一定能夠立刻輕鬆地扭住他。昨天晚上的那個男人，恐怕醉得連一隻螞蟻也捏不死。

此刻是午餐時間，餐館照例很忙。依麗莎白為客人倒咖啡時，看到阿尼走進來。阿尼也認出她了。

「嗨，嗨！」依麗莎白微笑招呼他。對一個侍應生來說，大方給小費的客人，看起來總是比較親切和善。

阿尼坐下，「妳有個雙胞胎妹妹嗎？」

依麗莎白笑說：「沒有，我真希望我有。」

「我很高興我沒有雙胞胎弟弟，一個我已經很夠了。」

依麗莎白不知怎麼接話。

阿尼：「蕾斯，我要一份炸雞排和一份四季豆。」

阿尼念錯她名字，不過依麗莎白一點也不在乎，反正也不是真的名字。她記下來，「好，馬上來。」

「謝謝。」

阿尼坐在吧台的位子上吃著，依麗莎白從吧台後方偷偷觀察他。

有個客人，我工作的兩個地方他都會去。他總是自己吃飯自己喝酒。有時他讓我想起某個人。

阿尼吃完飯，走向吧台要付帳，依麗莎白在收銀機後面。
「妳為什麼這麼辛苦啊，麗琪？」
「我想存錢買車。」
「妳買車要開到哪？」
「我還沒有特別的地方要去。只是我一定得走，走到無處可走。」
「真希望我也可以。」
「你的零錢。」依麗莎白把找的零錢給阿尼，他搖搖手說：「不用了。妳把它存到妳的別克轎車裡吧。」就走了。
依麗莎白看著阿尼走出去。不知怎的，這個男人說不上哪裡奇怪，但就是好像整個人被一種絕望的氣氛籠罩住了。

晚上依麗莎白在戴夫酒吧忙著。

阿尼走進來，一路穿過酒吧，看到依麗莎白，跟她招招手。

依麗莎白親切地跟他打招呼：「嗨！」但一想不對，「你來這裡做什麼？」

「什麼？」

「你來這裡幹嘛？」

「哦，我是來慶祝的。」

依麗莎白奇怪：「慶祝什麼？」

「慶祝我最後一次喝酒！」

依麗莎白給他一個不以為然的表情。經理特拉維斯在吧台另一端，把這景象都看在眼裡。

依麗莎白又忙了一陣，正收著空杯子。阿尼坐在吧台上喝他的第二杯酒。特拉維斯從後面出來，跟依麗莎白小聲說：「他沒找妳麻煩吧？」

「我想他只是想找人說話。」

「那就好笑了，因為他幾乎從來都不想講話。」特拉維斯想了一下：「他沒碰妳吧？」

「沒有。我覺得應該不至於。」

「那也不太好…。如果他對什麼女人有興趣那倒還好呢。」特拉維斯對阿尼的想法也頗矛盾。

依麗莎白不解：「我以爲他結婚了。」

特拉維斯浮上一個詭異的笑容：「是啊，這就是問題所在。他以爲他還在婚姻裡。」

特拉維斯繞過吧台，突然，他看到……。

「他媽的……。」

一個三十出頭的性感南方古典美人兒，看起來冷冰冰的，正穿越鬧烘烘擠滿了人的酒吧走過來。

眾人被這情景吸引住了，紛紛轉頭，目不轉睛地隨著她移動。

女人笑說：「特拉維斯，最近如何？」

特拉維斯也笑瞇瞇地說：「只要看到妳，怎樣都高興，蘇琳。」

蘇琳微笑：「你每次都這樣說，可是我都不知道你這話到底是什麼意思。」然後她不待他回答，話頭一轉：「我是來借廁所的。」

特拉維斯指給她廁所的方向。

「我得先買一杯啤酒嗎？」

「妳的錢不適合放在這裡，蘇琳。」

蘇琳微笑，往廁所方向走去。

阿尼從他的位子上看到這景象。他先往窗外看去，那裡站著一個體格健美的年輕男人，靠在他的車上，正在抽菸。

蘇琳走出廁所，經過依麗莎白。依麗莎白看著她的背影，也不自禁被她吸引。阿尼走過來，擋住蘇琳。

「妳有一點時間嗎？」

蘇琳的臉黯下來：「我跟你沒什麼好說的。」

蘇琳越過阿尼，推門走出去。阿尼往窗外看去，整個酒吧裡的人也都一起向外張望。蘇琳走向年輕男人，貼上去吻他。許多人又轉頭看阿尼的表情，阿尼此時看起來，像是一鍋即將沸騰的熱湯。

酒吧裡又恢復之前的樣子。有些人瞄著阿尼竊竊私語，而阿尼只是喝得更兇，一杯又一杯威士忌，喝到醉得不省人事，趴在桌上。

依麗莎白試著搖醒他：「阿尼。」

沒反應。

「阿尼。」

「啊？」他星眼迷離，布滿血絲，嘴也微張著。

依麗莎白有些遲疑。「我知道這不關我的事，不過，你有沒有想過戒掉威士忌？」

「我有沒有想過？」阿尼在口袋裡掏了半天，好不容易掏出錢包，把幾個塑膠圓幣扔在吧台上。依麗莎白看著這些圓幣，大都是白色的撲克籌碼，夾雜著幾個紅的、藍的，也有一個是金色的。

「這是什麼？」

阿尼已經口齒不清了，但他勉強自己把話說清楚：「有個戒酒協會，我有時會去。麗琪，他們有個做法，聚會後，他們邀請一些新人走出來，每人拿一個白色的清醒籌碼。你拿了，就表示你要保持清醒不醉的決心。如果你不小心，又喝了酒，你就要回來再拿一個。」他拿起金色籌碼，「這個代表九十天。九十天清醒。我拿過。一次。看看這些白色籌碼，我是白色籌碼大王。」

阿尼勉強擠出一個悲傷而慘然的微笑，然後步履不穩地走了。

親愛的傑瑞米。我在想阿尼所說的那些清醒籌碼，還有如何專注於其他的事情，以治療對某件事情的耽溺。

依麗莎白坐在長廊餐館的吧台上，正寫著信。

如果我曾耽溺於某件事，那麼我就是用藍莓派當我的清醒籌碼。

阿尼在依麗莎白後面出現：「寫信給男友嗎？」

依麗莎白轉身看到阿尼，連忙用手蓋住她寫的內容。想到昨晚他的遭遇，她頓時柔和起來：「不是，是一個朋

友。」

「爲什麼不用打電話的？」阿尼倒是沒事的樣子。

「有些事情用寫的比較好。」

「妳這樣想嗎？嗯…。」阿尼似乎在思考這件事。

隔天晚上，阿尼坐在戴夫酒吧他的老位子上，在一張紙上草草寫著字。依麗莎白端完酒經過他，好奇地看他在寫什麼。

「你在幹嘛？」

「我聽了妳那天說的話，我就在這裡寫信給我太太了。我們不太講話，所以我想也許可以試試妳的方法。」

依麗莎白瞄了一眼他寫的東西。阿尼沒遮住，他的字有些歪扭。她覺得很有趣，想到當警察的阿尼給人開罰單時也是寫上這樣的字，被開罰單的人恐怕很不高興，不知蘇琳看了覺得如何。

對於中年男人，依麗莎白知道得非常少。父親不算，因爲等到她可以客觀地看自己的家人時，她已經離家了。父親中年時遇到過什麼困難？父母的感情是否眞如表面上的那樣平靜無波？依麗莎白現在反而不太確定。

倒是她姊夫大衛曾經讓她對於中年男人這個族群感到

困惑。三年前，依麗莎白與格雷曾去馬里蘭州探望姊姊波莉一家。波莉比依麗莎白大九歲，二十歲就嫁給大她十歲的大衛，連生了兩個小孩。

他們搭火車去馬里蘭，還沒到，格雷的牙齒就開始痛。終於熬到那裡，波莉和大衛來車站接他們，見此情況，便直接開車到大衛認識多年的牙醫那兒去。大衛很篤定地說：「你一定會喜歡那個牙醫。他很親切，醫術又好，我認識他已經二十年了，我和我的哥兒們有任何牙齒問題都去看他。你不用擔心，他一定會幫你治好，你的假期絕不會受影響。」

到了那兒，依麗莎白立刻明白為何這個牙醫不用事先預約。因為從設備的老舊和醫生的邋遢程度，就可以推測，大概十年沒有新的病人來了。診所的地面和窗台上有許多灰塵，座椅上的皮革破損，醫生身上的白袍似乎自從半年前幫人拔過牙以後就沒再洗過，他的臉色也略顯灰敗，好像比病人病得還嚴重。

診所沒有一個病人，只有一個老護士在一旁看報紙。醫生看到他們來十分高興，態度相當親切，熱心詢問格雷牙痛的情況。格雷拋給依麗莎白一個眼神，萬般不情願地

進診間。

看完後，醫生立刻幫他約了第二天回診的時間。回到旅館，格雷對依麗莎白吐吐舌頭：「我明天死也不去這家，我要換一家。可是我拒絕了大衛的牙醫，大衛一定會很受傷，他的哥兒們也不會接受我了。」

原本姊夫大衛邀請格雷跟他的哥兒們，包括這個牙醫，一起去看足球賽。「但我真的沒辦法，我不敢相信現在還有這種地方。妳看他的設備，照燈上都是灰塵，金屬器具好像只用水隨便沖洗過。他的手指伸進我嘴裡時，我想到昨天晚上他是不是也伸進一個妓女的私處。」依麗莎白笑罵他太刻薄，但也不得不承認情況的確很糟。

依麗莎白很好奇這些男人為何能不在乎骯髒，多年來都在這裡看診。

姊姊波莉給了她答案：「這就是中年男人表達情誼的方式啊。妳想，大衛這個人，我如果不在，他就只會吃冰箱表面那一層他看得到的東西；下雨天他的襪子在外面弄濕了，雖然難受，也不知道要換。這樣的人怎麼會覺得牙醫診所髒呢？他們這些人，一起看足球、討論足球，只有這時候高興得像孩子一樣，所以他們當然也看同一個牙

醫，況且牙醫也跟他們一起看球賽。友誼大過一切啊。」

依麗莎白說：「男人結婚以後才變成這樣嗎？這樣妳不會失望嗎？妳們婚前不也愛得很瘋狂嗎？」

波莉說：「有了孩子以後，我們的關係就變得不一樣了。我們還是相愛，只是表達的方式不同。以前油和水是混合在一起的，結了婚就是油和水慢慢分開，油是油，水是水，然後某些特別的時刻，譬如小孩生了重病啊，或者發生什麼大事，這時候油和水又混合在一起。」

「我自己也不明白，為什麼我對大衛的感情，就像股市的曲線一樣起伏很大，有時候愛他愛得要死，覺得他是我這一生遇過最完美的男人，有時候又非常恨他，恨不得想把他甩掉，另外再找一個跟他完全不一樣的男人。他常常被我搞得莫名其妙，他說足球比女人簡單多了。」

現在想起從前與姊姊的對話，依麗莎白再看阿尼和蘇琳，愈覺得婚姻，或者是愛情，比她想像的要複雜許多。

阿尼坐在桌前寫信，依麗莎白走到吧台後方收拾。此時，非常不巧，蘇琳的男友和他的狐群狗黨正從外面進

來。他們走過阿尼，每人都看了他一眼，有人臉上還有挑釁的微笑，然後在距離阿尼不遠的地方坐下來。阿尼轉身看到他們，他把信撕了，揉成一團。

阿尼臉上的線條變成錯綜複雜，他走向他們，大喊一聲：「藍迪！」然後把酒瓶砸破在藍迪腦袋上。

事已至此，所有的事情似乎都解脫了。

客人紛紛驚恐地大喊：「天啊！」
特拉維斯也大喊：「阿尼！阿尼！」他跑過去，拉起阿尼和藍迪。酒杯、酒瓶唏哩嘩啦一陣。
餐館外，一輛街車轟隆而過。

混亂過後，酒吧的地板上，滿是碎玻璃、橫流的威士忌，還有血。門口警車的紅藍燈閃個不停。救護人員正把受傷的藍迪運上救護車。

在門口幫忙的依麗莎白往酒吧裡望去，特拉維斯正在安撫阿尼，阿尼手上纏著繃帶。

撕掉一封寫壞的信很容易。也許可以再寫一封比較好

的。但是一個關係破碎了，痛苦卻永遠在那裡。

依麗莎白把揉成一團的信紙展開。

阿尼寫的是給他太太的情書。他寫了開頭，但不知怎麼結束。

長廊餐館外面，一輛街車駛過，對街停著阿尼的巡邏車。餐館裡，阿尼像沒事人一樣地在吧台上吃飯，偶爾看看依麗莎白。他看依麗莎白時有幾分心虛。依麗莎白偶爾也看看他，確定他狀況正常。沒有人說話。

但晚上的戴夫酒吧就不同了，因為阿尼又來了。這使得氣氛有點詭異，幾個知情的客人交頭接耳。珊蒂走到裡面，幾秒鐘後特拉維斯出來，看到阿尼，眉頭皺了一下。

不到九點，前門突然打開，蘇琳一陣風走進來，四處張望。

「這個天殺的混蛋……。」

蘇琳把眼光釘在阿尼身上，然後走向他。

「我要跟你說話！」

阿尼站起來，「不要在這裡。到外面去。」

「不要！我就是要在這裡講！所以現在你覺得自己比較

像個男人了嗎？你覺得自己變得又大又強了嗎？」蘇琳吼著，「你差點殺了他！」

阿尼見她如此關心藍迪，氣得冷笑：「是啊，沒人會說睡別人的老婆是安全的。」

蘇琳氣得發抖：「哦，天殺的阿尼！我們，我們已經分開了。你不記得了嗎？我早就不跟你住了！我也早就跟你沒話說了！」

阿尼也吼起來：「妳是我天殺的老婆！而我也還是妳天殺的老公！」

「不是，你不是…再也不是了。」

阿尼停頓一下，說：「那我是什麼？」

久久的沉默。

「你什麼也不是，你對我來說是個屁。」

蘇琳說完往外走。阿尼反身緊緊抓住她。

「蘇琳，求妳，求妳，求求妳寶貝。不要這樣，不要對我這樣。我愛妳，我非常愛妳。我只是，我只是需要一點時間。」

蘇琳哭著硬甩開他的手：「天殺的阿尼，我不要，你放我走。我再也沒辦法了。你要讓我現在就走。我要走，我要重新開始我的人生，我要找個工作。」

阿尼盯著她，然後頹然放棄。

「妳要找個工作，對。」

「沒錯，我要工作。」

阿尼突然大聲嘲笑起來：「妳要找工作？妳不需要工作…妳那些男朋友是幹嘛的。妳要做的就是開始向他們收費。」

蘇琳氣極，開始發狂地掌摑著阿尼。「你這個沒用的混蛋，你這個天殺的廢物！」

遠遠看著這一幕的依麗莎白，和現場所有的人一樣，震撼而不知所措，但她此時注意到，蘇琳這樣打著阿尼時，阿尼卻一點也沒有還手的意思，而且臉上有一種奇妙的微笑。

此時珊蒂走過去要拉開蘇琳，但蘇琳把她推開。

蘇琳繼續大吼：「你這個混帳阿尼，我受夠你了！你聽到了嗎？我受夠了！我受夠你了！完了，我們已經完了，你知道我在說什麼嗎？」說完就往外走。

阿尼臉上閃過一陣交雜的憤怒、痛苦與絕望。他突然拿出槍，指著蘇琳。

「蘇琳，我向上帝發誓，如果妳走出這個門，我就會殺了妳。」

整個酒吧靜默得嚇人。

阿尼滿臉的絕望。

客人突然開始小規模地四散開來，靠門邊的往外溜，

逃不出去的就伏下找遮蔽物。

依麗莎白站在自動點唱機旁，嚇壞了。

蘇琳毫不退縮。她站住，轉頭，輕蔑地看著這一切。

特拉維斯悄悄從後面接近阿尼。

蘇琳說：「然後呢？」

特拉維斯說：「阿尼，你千萬要冷靜…，你不要做傻事啊。」

蘇琳突然大喊一聲：「都結束了！」然後頭也不回地走出去。

阿尼站在那兒，臉色慘白，驚惶不知所措。他看著蘇琳的背影，緩緩垂下手上的槍。

客人確定阿尼沒有動作後，紛紛溜走。整個酒吧突然鬆懈下來。特拉維斯慢慢接近阿尼，讓他把槍收起來。阿尼頹然照做，然後掩面無聲哭泣起來。特拉維斯拍著他的肩膀安慰他。

依麗莎白站在旁邊看著他，覺得很無望，不知事情怎麼會到這種地步。之後該怎麼收拾呢？

阿尼終於哭夠了，掏出皮夾付帳。他拿出二十元鈔票

給依麗莎白。

「太多了。」

「不會，不會，一點也不會…。妳在存錢買車不是嗎？我不希望妳開一輛爛車，免得有些警察把妳攔下來時會找妳麻煩。」

阿尼把錢留在吧台上。

依麗莎白看著他，不知該說什麼，只好說：「謝謝你，阿尼。」

阿尼走向門口。

「等等。」依麗莎白說。

阿尼轉身。

「你忘了這個。」

依麗莎白把阿尼的清醒籌碼放在吧台上。阿尼深深看了籌碼一眼。

「妳知道該怎麼處理這些東西嗎？妳可以全都扔掉。這些東西只會提醒我浪費了多少時間。」停了一下，他說：「沒錯，妳扔了吧。」

那天晚上，他沒有說晚安。我也沒說。

那是我最後一次看到他。

警察來找特拉維斯時，酒吧都快要打烊了。外面下著

雨，特拉維斯和依麗莎白匆匆關上門，趕到不遠處的車禍現場。

橋下一片狼籍，三輛閃著燈的警車圍繞著阿尼撞爛的車。阿尼的車撞上路中央的一根柱子，擋風玻璃上斑斑血跡，雨水也洗不掉，因為血都濺在車內。阿尼斜躺在車裡，滿頭滿臉是血，他死了。

警察說是意外。
他看不見前方，煞車後打滑，他一點機會都沒有。

接下來幾天，整個戴夫酒吧充塞著一股感傷的氣氛。連那些平常不理阿尼的人，也因為他的死而欷噓。偶爾他們會看看阿尼空著的老位子，好像一個隱形的阿尼坐在那裡，或者也期待阿尼會突然走進來坐下。

依麗莎白在整理桌子，特拉維斯靜靜坐在吧台裡，珊蒂靠在一邊跟一個客人討論著這個意外。

前門突然開了。蘇琳頂著一頭蓬亂的頭髮走進來，眼光四處一掃。所有的客人都注意到她，不管是看著她的或是假裝沒在看她的。

蘇琳在阿尼的老位子上坐下，依麗莎白走向蘇琳，把酒單給她。

　　「給我一杯伏特加。」蘇琳沒看酒單。

　　依麗莎白去取酒，端過來。

　　「這是我六年來第一次喝酒。我六年沒碰這東西了……。」蘇琳高聲地自言自語，然後舉杯向空中，向在場的每一個人：「嘿，大家，讓我們敬阿尼‧柯波蘭。他是我們的高速公路守護人，也是我們的自由捍衛者。」

　　一陣靜默。無人知道該如何反應。有些人舉杯喝了酒，有些人沒有動作。

　　特拉維斯嫌惡地看了她一眼，走到後面去了。

　　蘇琳喝乾酒杯，對依麗莎白說：「這東西實在是夠難喝了。我猜沒有人是為了好喝才喝它，不是嗎？再給我一杯。」

　　蘇琳一個人坐在那兒喝酒，沒人理她。她有時擦著淚，有時怔怔望著窗外，幾杯之後，很快就醉了。點唱機似乎有些問題，播放出來的音樂發出刺耳的聲音。再過了一會兒，客人都走了。特拉維斯大聲地剝著花生，一邊用厭惡的眼神盯著已經趴倒在吧台上的蘇琳。

　　依麗莎白輕輕搖了一下蘇琳，然後把阿尼的簽帳單放

在她面前。

蘇琳抬頭，看到簽帳單和上面的內容，十分驚愕：
「起士漢堡？威士忌？我沒有點這些東西啊。」

「這是阿尼的簽帳。」依麗莎白說。

蘇琳醒了許多，努力看了一會兒帳單。

「我要怎麼辦？把它框起來掛在牆上嗎？」

「特拉維斯要妳解決。」

「特拉維斯！」蘇琳跳起來，到特拉維斯面前。

「你給我這個幹嘛？！這是阿尼的簽帳，不是我的！你
幹嘛給我！」

「他是妳丈夫。或者那一點也不重要了？」

「他死了。如果你要錢，你最好打電話給他的律師，不
是把帳單給我！」

特拉維斯放棄了。「天啊，妳到底是個什麼東西…阿
尼看上妳什麼只有上帝知道。」

蘇琳被激怒了：「我恨你，特拉維斯！我恨你！」

蘇琳轉身，失魂落魄地走向門口，跟跟蹌蹌消失在門
外。

「麗琪！看著她是否安全回家。快去，快去！」

依麗莎白匆忙脫下圍裙，跑向門外。

蘇琳在街上跑著，歇斯底里地哭著，不時地絆倒。依

麗莎白在後面跟著她，想要扶她，但蘇琳推開她。

「蘇琳……。」

她們走到橋下，那根阿尼撞上的柱子旁，擺著一些臨時的悼念物：蠟燭、照片、花。花束有些倒下，有的凋謝散亂。

蘇琳坐在馬路邊的人行道上，凝視著這個臨時紀念碑。依麗莎白慢慢靠近她。「嘿，蘇琳。」

沒反應。

「蘇琳…？我送妳回去好不好。」

沒反應。

依麗莎白在她身旁坐下。兩個女人看著這臨時紀念碑，久久沒有說話。

「那年我十七歲，他拉了我一把。『妳喝酒了，小姐。』我對他微笑，眨眨眼。沒想到我們會結婚，我會愛上一個警察，困在這個被上帝遺棄的爛地方。他瘋狂地愛著我，而我卻快要窒息。所以我們試著喝酒來找回我們的愛。但每天早上醒來，就失效了。所以我就跑了，每次我回來，他都在那裡，仍然瘋狂地愛我。」

依麗莎白問她：「爲何妳跑了還要回來？」

蘇琳慘然一笑：「我想念他。妳知道，愛情和距離是如此的矛盾。我只有離開他，才能深深感到我需要他，可是我一回來，又無法呼吸。所以當酒失效以後，我們是靠分開來維繫我們的關係。」

蘇琳吸了一口氣，繼續說：「我常常想像他死掉，我覺得這是唯一能真正跟他分開的辦法。」

「妳一定恨他很久了。」

「我不恨他，我只是希望他放了我。」

蘇琳看著臨時紀念碑，彷彿阿尼的靈魂正在看著她，聽她說話。「現在他死了，這比世界上任何事情傷我還要深。」

蘇琳轉過來看著依麗莎白，眼眶裡滿是淚水：「這裡就是我們相遇的地方，就是這個地方！」

依麗莎白非常震撼，現在她才知道，阿尼的車禍不是意外。

依麗莎白輕拍著蘇琳的背，不知該怎樣才能安慰她。蘇琳突然緊緊抱住依麗莎白，再也抑制不住地哭了起來。

戴夫酒吧經過前陣子的混亂事件，終於逐漸恢復往常的忙碌與喧鬧。依麗莎白仍然奔波於兩個工作之間，不過她現在已經不像當初那樣狼狽，已經可以有效率而從容地

應付工作。

她一路疾疾走進酒吧，邊想起昨夜她做的一個夢，感到既荒謬又羞愧。

她夢到自己在紐約的克利歐區，外面是白天，陽光很強，她坐在吧台上吃著藍莓派。

傑瑞米從吧台後方走出來，對她說：「不要再吃這些派了，要不要出去騎腳踏車？」

依麗莎白覺得這主意不錯：「好啊。」

傑瑞米不知從哪裡搬出一台兩人共騎的那種腳踏車。她覺得很新奇，想上去試試。

傑瑞米說：「等等，還有一個女孩要一起來。」

一個可愛的淡金髮女孩從吧台後方出現，向依麗莎白微笑。

依麗莎白想，這就是傑瑞米的俄羅斯女友嗎？她回來了嗎？不知怎的，依麗莎白竟有點惆悵，但仍對她微笑招呼。三人便走到中央公園開始騎車，傑瑞米在前方，淡金髮女孩在中間，依麗莎白在最後。（雖然是兩人共騎的車，但在夢裡，卻能坐下三人）

三人騎著車，傑瑞米不斷回頭與女孩說笑，他們看起

來很快樂。

依麗莎白突然張口咬了那女孩的背。

女孩大叫一聲，夢就結束了。

依麗莎白匆匆跑向吧台後方穿上圍裙，看到特拉維斯正在非常大聲且不耐地講電話。

「你搞錯了，這是一家酒吧，老兄！依麗莎白！？哪來的依麗莎白？！」

依麗莎白的心大大一跳，本能地豎起耳朵。

「老兄，你說的每一個字我都聽不懂！」

依麗莎白走到吧台後方，慢慢繫好圍裙。

「你到底懂不懂英文啊！沒有，這裡沒有這個人！而且我們這裡也不賣什麼派！」

依麗莎白快速瞥了一眼特拉維斯的臉。特拉維斯本來脾氣就不好，此時更是快要爆炸了。

「是的，我很確定。沒有這個人，我不用查！好，那是你的問題。」特拉維斯狠狠掛上電話。

依麗莎白怯怯地問：「怎麼了？」

「我怎知道啊？有個他媽的神經病外國人在找什麼藍莓派的。好了，不要問我這個，我不是付妳錢來問我問題

的。快滾開去工作！王八蛋！今天到底有沒有人在上班
啊？」依麗莎白趕緊走開。

深

夜的克利歐區餐館，只剩下傑瑞米一人，他在吧台後方講電話，手上拿著依麗莎白從曼菲斯寄來的明信片。

「哈囉，這是曼菲斯燒烤酒吧嗎？啊！太好了。是這樣的，我想請你幫個忙。我在找一個年輕女子叫做依麗莎白的。」

「依麗莎白。」

「不是，不是，我不是要點什麼菜。是的，我瞭解。我不是叫外送的。我知道一定很好吃。我只是想知道，你們那裡有沒有一個叫做依麗莎白的人？依麗莎白。」

一個電話又一個電話，傑瑞米不斷重複「依麗莎白」，但得到的是一次又一次的失望。但他不肯放棄，夜晚很長，他的時間很多。

「天啊，我是傑瑞米！是我啊！想不到我還能再聽見妳的聲音！我有妳的明信片啊。呵呵，雖然聽起來有點荒謬，可是，我找遍了所有曼菲斯的酒吧，那裡恐怕至少有九十家，我知道這很瘋狂，我只想謝謝妳願意跟我保持聯

絡，我很想念妳，我想念那段和妳相處的時光。我從沒想過還能聽到妳的聲音！」

「這不是眞的妳吧？不是的，我知道妳不認識我。可是妳叫依麗莎白啊。好吧，我只是，我眞的只是想說哈囉。我只是想跟我的朋友說話。不不，我不是要點炸雞。謝謝。謝謝妳願意聽我講話。拜拜。」

傑瑞米掛上電話，垂頭喪氣地坐下。

如果有個人跑掉了，通常代表她希望有人去找到她。
我規律地收到她寄來的明信片。
我懷疑那是她希望被找到的方式。

出乎意料地，蘇琳推門進來。依麗莎白第一次在白天的長廊餐館遇到她，花了一秒鐘才認出她來。這是一個清醒的、煥發的蘇琳。蘇琳望了一下，看到依麗莎白，微笑向她走來。

「我聽說妳有個白天的工作。」

依麗莎白看到蘇琳又把自己打理好，也很高興：「我在存錢買車。」

「爲了我自己好，我準備離開這個地方，所以我要先處理一些事情。阿尼的簽帳一共有八百塊。我想妳可以幫我把錢拿給特拉維斯，讓他把帳銷掉。」蘇琳把錢交給依麗

莎白。

「我今天晚上就可以給他。」

蘇琳微笑：「這個驚喜恐怕會讓他心臟病發作。」說完搖搖手跟她道別，走向門口。

但她又想到什麼，突然站住了，回頭走向依麗莎白。

「我想請妳幫個忙。」

蘇琳把那張簽帳單拿出來，放在吧台上。「能不能請妳把這個帳單掛在牆上？這樣他們就不會太快忘記他。」

依麗莎白點點頭，收下帳單。

蘇琳走出去。依麗莎白循著她的身影向外望，看到她走到車旁，看著阿尼的紀念碑。然後，她上車，永遠地離開了。

說再見並不表示就是結束。有時它意味著一個新的開始，雖然有時候在當下我們並不理解它代表的意義。但不論它代表什麼，那種慌亂都是一樣的。我想，對蘇琳來說，離開這裡，有點像是死去，像是一種與過去對話的方式。我不知道人們會用什麼方式記得阿尼。

或者，也許他們會記得。我想，當你離開了，所有留下的，就是你在他人生命中創造的記憶，或者，只是簽帳單上的幾筆帳目。

阿尼的簽帳單，從此掛在戴夫酒吧的牆上，每當有一點風拂過，它就會微微搖曳。

每天守著一個餐館等待，有時也會令傑瑞米感到沮喪。此時克利歐區早已打烊，他坐在窗邊，仍然很清醒，正在寫明信片。

與其不斷打電話給不認識的人，我決定改變策略。

不斷地重複寫同樣的字，真的很累，但是只要有一張能到她手裡，那一切就值得了。

第

108天，**距離紐約2011哩**

　　巴士繼續向西，落日在層層疊疊的遠山那邊。游牧人依麗莎白，再度拔營向下一站移動。這一路上的景觀，有時好幾天都一模一樣，有時幾小時內變化萬千。日以繼夜，走過平原與山谷，然後依麗莎白漸漸呼吸到冬天的氣息。她看到樹上的葉子漸漸枯乾，一陣風吹來，才幾分鐘，一整棵樹的葉子全都脫離了樹，隨著風，時快時慢地旋轉舞蹈，許久許久，才四散落地。

　　每次看到這樣的景象，依麗莎白都感動不已。她沒有相機，但她知道她永遠也不會忘記。

　　依麗莎白依然走走停停，在一些小鎮的餐館裡打工，又繼續前進。

　　有時她會停下來，看一列長長的運貨火車緩緩駛過，寫明信片給傑瑞米。

離開紐約以後，卻覺得紐約更近了。我時常想到紐約。你還記得嗎，有一個晚上，我在克利歐區，你說，從一個人吃東西的樣子可以看到很多事情：知道他快不快樂，是否與情人吵架，是家庭主婦還是職業婦女，喜歡什麼運動……。

經過了一些事情，現在我終於明白你的意思。我們以為我們可以隱藏自己的心，其實並不能。我不知道為何我要一直這樣打擾你。或者也許我知道。我一直有種感覺，我可以跟你說任何事情。我常會想起一些事，寫在這裡，紀念我們在一起的時光。

你每天打烊以後，都要拖著一大袋垃圾出去。我有時會想像那是你殺了某個廚藝不好的廚師或愛找麻煩的客人之後，趁黑夜拖出去丟掉。有一次我跟你提到這個玩笑，你很認真地說：「是啊，被妳發現了，我一天不殺人，就全身不對勁，正好我最近很缺人，妳要不要幫我這一次？」我說好啊，反正我活著也沒什麼意思。你突然不講話，就到後面去了。我有點擔心，以為我得罪你了，或者你到後面去準備殺人工具了。結果你又出現，說：「不行，如果殺了妳，那藍莓派就沒人吃了。」

那時我是真的覺得失去活下去的意義。但你的陪伴，給了我支持的力量。

　　我懷疑你會怎樣記得我。是一個喜歡吃藍莓派的女孩？還是有顆破碎的心的女孩？

　　紐約現在該下雪了。依麗莎白想到去年冬天，她還在大雪中走路上班，看著行人在冰滑的人行道上掙扎，黃色的計程車在紛飛的寒雪中塞車。

　　多天大雪，是她最喜歡的時刻。有些極早的清晨，她會被一陣下雪的戚促聲吵醒。向窗外看去，雪像雲一般層層積著，上面沒有任何足跡，她就想像自己已經到了天堂。她起床，披上外套，穿上鞋，走到厚厚的純白雪地上，像阿姆斯壯登陸月球般，小心踏出每一步，印上一個個腳印，深深吸入新鮮的雪氣。這時她就會感到振奮，又多了一些力量維持這一天的生活所需。

　　漸漸的，依麗莎白想到紐約時特別感到溫暖，想到格雷，也已經不再那麼心痛了。

第

繼續向西。冬天巴士移動得似乎比較緩慢，車子噗噗冒著煙開進來，噗噗冒著煙開走。巴士站的候車區裡，還有許多等待的人，個個穿著厚重的冬衣。依麗莎白在一張椅子上坐著寫信。

上一站，她搭巴士時，遇到一個人。

那班車上人不多，因為有暖氣，旅客紛紛把大衣脫下。上車坐定，依麗莎白看到旁邊那排的位子上，坐著一個與她年紀相仿的金髮女孩，正在把綁起來的馬尾放下梳攏整齊。坐車時，綁著馬尾，就無法把頭靠在椅背上。女孩正好轉頭過來，兩人便互相禮貌地點頭招呼。

旅途很長，睡了一覺醒來，司機停車讓乘客下車休息半小時。依麗莎白也下車舒展筋骨。

「嗨，我叫潔西。」金髮女孩潔西先下車，她一邊點起一根菸。

「好冷，我叫麗莎。」依麗莎白縮著身子說。她這時才注意到，潔西長得很高，雖然年輕，但臉上已有幾條皺紋。駝色長大衣底下的身材相當豐腴。

「妳要去哪？」潔西吐著煙說。

「也許內華達，我想看看沙漠。但中間說不定在哪個地方停留幾天。」依麗莎白邊說邊搓著臉，她的臉蒼白裡透著紅潤。

「我要到加州找朋友。」潔西眼睛被煙燻得瞇起來。

她們喝了熱巧克力，一時溫暖許多。聊了一些旅途上的趣事，再上車，潔西就坐在依麗莎白旁邊了。

依麗莎白這一路遇到許多人，她發現，旅行讓人放鬆戒備，因為路上遇到的人，以後也不會再見面，如此反而比較容易把內心深處的事情告訴陌生人。

這杯熱巧克力的作用是，潔西說：「其實我要到好萊塢，看看有沒有機會。我想演戲、成名，變成一個大明星，哈哈。」潔西故意講得誇張，但依麗莎白知道她是認真的。

「妳演過戲嗎？」

「上過《好色客》雜誌，也演過一部色情電影。」潔西說到這裡停了一下，等依麗莎白回應。

　　依麗莎白果然睜大眼睛說：「哇！真的！」她沒想過這些女孩是真實存在的，更意外潔西如此坦白。

　　潔西繼續：「他們看我胸部大，就讓我演那種胸大無腦的小角色，我恨死了。我想嘗試其他角色，但都沒機會。有的製作人跟我說，如果我胸部小一點也許有可能。」

　　依麗莎白不知該說什麼，只好問她：「妳去好萊塢有什麼計畫嗎？」

　　潔西有點興奮，轉過來正視依麗莎白：「我朋友介紹我去找一個製作人，他很有名，也許可能有機會。這次我要把我的胸部包得緊緊的，不要讓他看到。」潔西笑起來。

　　也許感到冷，潔西拿過大衣蓋住身體。「我從小就覺得自己跟人家不一樣。全班出去旅行，女孩們一起洗澡，大家都想看我的胸部。那時候開始，我就很防備。」潔西說時，依麗莎白忍不住瞄了一下她的胸部，在衣服的遮掩下，潔西的胸部變成一個微微隆起的小山丘，並不太明顯。

　　「我不願意給人家那樣看，我就乾脆不洗澡，或者穿著衣服洗。」

「長大以後才知道胸部大是個優點，但我還是很困擾，衣服穿不下，走路負擔也很重，尤其是常常要面對男人的眼光。他們跟我打招呼，不是看著我的眼睛，而是看著我的胸部。所以我在他們面前，就變得像個男人一樣，這樣比較安全。」

潔西好像終於找到人可以抒發情緒，也期望別人可以理解她，她不管依麗莎白是否有回應，就自顧自地說下去。

「因為常常覺得被侵犯，有時候我也有一種想侵犯別人的衝動。我就希望自己是個男人，這樣可以保護女孩。妳也許想不到，很多女生都喜歡給我看她們的胸部，她們胸部有什麼問題也會問我，因為我這方面的知識比別人豐富。很多人還要我幫她們摸摸看是不是有硬塊，我就變成專家了。」潔西笑說：「只是女孩們讓我看了以後，也要求看我的，我不肯讓她們看。」

依麗莎白覺得很有趣，她從沒想過這種事。潔西看看依麗莎白，半開玩笑地說：「如果妳有什麼問題，也歡迎來問我。」依麗莎白尷尬地笑起來。

「我第一次拍《好色客》，是我自己去找的機會。雖然

我討厭別人侵犯，但要成名，就不能在意。我告訴自己，很多大明星也是拍色情電影出身的。」

依麗莎白聽著有點難過，覺得她必定經歷過非常艱難的時光。她小心問潔西：「拍照時妳會不會很掙扎？」

潔西說：「其實脫衣服不難，難的是，平常拍照都穿著衣服，現在拍照沒穿衣服，就突然不知道該怎麼擺姿勢。」潔西笑起來，「我被攝影師罵了一個小時。他說：『後面還有一堆女孩排隊要來拍，妳到底有什麼問題？』後來我就拼命告訴自己：『我穿著衣服。』結果就拍得很自然。」

依麗莎白想到潔西的家人，但不敢問她。結果潔西自己說了：「我已經連續三年耶誕節沒回家了。我家人不原諒我。可是我如果成名，他們可能態度會不一樣吧。」

車上的人大多又進入夢鄉。潔西握住依麗莎白的手，輕輕摩挲著。依麗莎白沒動，潔西說：「妳有男友嗎？」依麗莎白慢慢抽出手來，拍拍潔西的手，說：「嗯，我有喜歡的人。」潔西把手收回，吻了依麗莎白的額頭，依麗莎白也吻一下潔西的臉頰。潔西說：「我睏了，還是回去坐吧，這樣比較容易睡。」依麗莎白微笑點點頭。

潔西回到座位上，依麗莎白又變成一個人。這時她突然驚覺，她剛剛心裡想的那個「喜歡的人」，竟然不是格雷。

　　耶誕節前，到處都是叮叮噹噹的裝飾和音樂。克利歐區餐館也不例外，玻璃窗上噴了許多白色噴霧，吧台上一小棵綠色聖誕樹上掛著紅白色的聖誕老人、黃色麋鹿和金色小鈴鐺的裝飾。外面下著雪，行人瑟縮而過。傑瑞米坐在靠窗的位子，讀著依麗莎白從內華達州寄來的明信片。

　　沙漠裡的內華達是什麼樣子？至少不會下雪吧？傑瑞米想。依麗莎白的位子一直空著。在耶誕節前的熱鬧氣氛裡，傑瑞米格外感到寂寞，有時會想像她突然推門進來的樣子。他又想到，他沒有在冬天看過她，穿著冬衣的依麗莎白是什麼樣子？

　　這樣百無聊賴地想來想去，直到客人都走光，路上的行人也稀少了。深夜，傑瑞米抓著一大袋垃圾走出去，先放在人行道上，拿出一支菸用打火機點燃。
　　一個女人的聲音從背後響起：「還自己捲菸嗎？」

　　傑瑞米轉身看這個女人。他頓時目瞪口呆，臉上湧入

許多種難以言說的複雜情緒，久久說不出話來。幾秒鐘後，他鎮定下來：「是啊，我還是啊。妳要一根嗎？」

她點點頭。她的紫色毛帽底下有一頭金髮，靈活的淡藍色眼睛，白色豎領長大衣襯得她的膚色很美。傑瑞米遞給她一根菸，幫她點燃，她深深吸了一口。

「味道不太一樣。你換菸草了嗎？」

「沒有，也許是放在口袋裡太久了。」

「可惜現在餐館全禁菸了。」

「現在哪裡都不能抽菸了。」

空氣中有一種尷尬。傑瑞米想不出話題，女子也是，便往餐館裡看看。

「你應該改裝一下，這裡跟以前還是一樣啊。」

「我已經特別去找過新的椅子，但沒有一種可以跟桌子和磁磚搭配的。」

「應該不會太難啊。」女子想了一下，「也許你只是沒找對地方，或者你太多愁善感了。」

傑瑞米換個話題：「妳看起來很可愛。」

「我開始像我媽了。」

「總是比像妳爸好，我看過他照片。」

他們微弱地笑了一下。

女子又往裡面看：「你還留著那些鑰匙？」

「是啊…，我總是記得妳說過的，妳說，永遠不要扔了

它們，永遠不要讓門打不開。我都記得，凱嘉。」

凱嘉微弱一笑：「有時候，即使你有鑰匙，門還是打不開，不是嗎？」

傑瑞米說：「即使門打開了，那個你一直在尋找的人，也不一定在裡面，凱嘉。」

幾年前，我有一個夢。

那時，克利歐區餐館還不叫克利歐區。傑瑞米從別人那裡頂下一家舊餐館，他和凱嘉為餐館取了一個新名字：克利歐區（Klyuch），這是他們在一本雜誌上看到的字，在捷克文裡，它指的是「鑰匙」。凱嘉喜歡蒐集鑰匙。

夏天開始，下一個春天結束。在這中間，快樂的日子和不快樂的一樣多。大部分的時光都在這家餐館裡度過。

傑瑞米以為兩人從此可以共同實現夢想。他們讓吵架的情人，把鑰匙放在這裡的一只玻璃罐裡，等他們回心轉意，再把鑰匙拿回去。只是沒想到，有一天，玻璃罐裡，也放了他們自己的鑰匙。

然後，有一個晚上，那扇門甩上了，夢也醒了。

一列火車劃過夜空。凱嘉看著傑瑞米，她對他說話，但有些話被風吹走了。

　　「…我該走了，明天早上要搭飛機。謝謝你的菸。」

　　他們彼此對視。

　　「你知道嗎…我甚至沒想過你還會在這裡。」

　　「那妳為什麼來？」

　　「我猜，我只是想看看我是否還記得當初的感覺。」她凝視他：「再見，傑瑞米。」

　　傑瑞米靠近她，給她一個甜甜的、純潔的吻。「再見，凱嘉。」

　　就這樣，凱嘉走了，永遠地走了。

　　我不確定那天晚上真的發生了這件事，還是那只是我的另一個夢。

　　但已經不重要了。

第

　　依麗莎白沒有去最熱鬧的拉斯維加斯，而是去了內華達州北邊的另一個小城。灰狗巴士上的一個旅客告訴她：「拉斯維加斯是觀光客去的，妳要看到真正的賭徒，就要遠離拉斯維加斯。」

　　果然這裡是個舊城，不像印象裡拉斯維加斯那樣的炫麗與虛幻，白天看起來甚至有些灰敗，晚上各色霓虹燈亮起來時，由於亮得不太徹底，反而顯得慘澹。

　　但依麗莎白很喜歡，那些建築令她想到小時候的教堂。小時候禮拜天大家穿著漂亮的衣服進教堂，依麗莎白總是一馬當先跑進去。現在她每天進入她打工的賭場飯店，甚至也是懷著莊嚴的心情。旅程至此，依麗莎白早已學會要以虔敬的心情面對未知的事物。

　　她在這裡的一家賭場旅館當女侍應生，還好這裡要求

不多，只要穿短裙制服送飲料，不必像拉斯維加斯的女侍應生要穿兔女郎露大腿的服裝。

她在賭場裡穿梭送飲料，收小費，偶爾站在桌邊看人家賭博。她發現常來賭的就是那些人，固定的時間來，固定的時間離開，就像上班一樣，有時突然無聲無息地消失，過了一陣子又沒事一般再出現。

與依麗莎白同樣穿著短裙制服的凱薩琳走過來，指著不遠處一個正在賭百家樂的瘦小男子，男子大約六十歲，外表毫不起眼，她小聲說：「妳看那個人。他非常有錢，妳看不出來吧？」

依麗莎白搖搖頭，她常看到他，他總是在那裡賭。

「他穿著舉止就像個老毒蟲，瘦成這樣，衣服又破舊，他都不吃不喝，太餓了就吃三明治和牛奶。」

依麗莎白想起來，他幾乎從不叫飲料，也沒看過他吃東西。

「可是聽說他的家族在芝加哥市區有幾好億的房產！」凱薩琳非常羨慕地看著那個瘦小男人，此時男人的籌碼正好被莊家收走。凱薩琳在這裡做了好幾年，對賭場裡的人與事很熟悉。

「他沒有工作嗎？」

凱薩琳叫起來：「這麼有錢，他所有要做的工作就是賭啊！」又小聲說：「可是我看他好像很少贏。」

「為什麼輸了那麼多還要一直來？賭博真的那麼有趣嗎？我這陣子看了半天都看不出什麼。」

「聽說有些地方的賭場，飯店裡的窗戶都不能打開，怕人家跳樓。有人把財產全都賭光了回不了家，就自殺了。」

依麗莎白想起來，她在賭場大廳裡看過一個告示，提醒人們如果發現自己太過沈迷無法自拔，可以打一個諮詢電話求助。

凱薩琳說，其實還有一種職業賭徒，是以賭博為生的人。這種人賭場最不歡迎。有些大型賭場還有精密的辨識系統，一旦發現某個人用算牌的方式贏了大錢，就會把他的臉輸入系統，下次他再來，就直接趕出去。

凱薩琳說：「賭場不怕人贏錢，他們怕職業賭徒算牌。以前我認識一個職業賭徒，他得過二十一點大賽的世界冠軍，他曾經被賭場警衛拿槍指著腦袋，逼他把贏的錢吐出來。」

依麗莎白覺得這太不可思議：「沒有證據，賭場怎能這樣？」

凱薩琳：「賭場就是有權利選擇它的客人啊。妳知道二十一點大賽裡，有一個項目是角力比賽，就是因為職業

賭徒常常要躲賭場的警衛！」

她們都笑起來。

凱薩琳很興奮地說：「我認識的那個人，電視節目還專訪過他，他戴著墨鏡、鼻子以下打馬賽克、聲音變聲，非常有趣。賭徒是沒有身份的，越不被注意越安全。」

這時有人向她們招手，依麗莎白連忙單手托著飲料盤走過去。

「雞尾酒？」

「請給我一杯螺絲起子。」

「來，這杯給你。」客人拿了酒，她收下小費。

親愛的傑瑞米，我總是被玩牌的人深深吸引。

男客人對依麗莎白說：「這應該是Jack&Coke，可是差得遠啦，可以另給我一杯嗎？」

「好的，當然，抱歉。」

依麗莎白給他一杯，又走開繼續叫著：「雞尾酒！」

他們把全部家當都押在自己的直覺和運氣上。

我不禁想，如果我是他們，是不是也一樣會那麼做？

還是就認輸放棄？

依麗莎白走進撲克牌賭間時，有一隻手正打出一張牌。她站在桌邊觀察這個動作帶來什麼結果，她仔細審視不同的玩家，試著解讀他們，但什麼都看不出來。

依麗莎白想偷看玩家阿羅哈的牌，她靠得愈來愈近，已經到了讓人不舒服的地步。

阿羅哈有點不爽：「美眉，妳介意嗎？」他示意她離遠一點。

依麗莎白稍微離遠一點，但眼睛沒離開他的牌，她想看看那牌裡有些什麼。

阿羅哈再看一眼自己的牌，然後故意把牌弄亂，蓋住。

雷絲莉，一個漂亮的、什麼都不在乎的年輕女賭徒，此時小贏一把，其他玩家都大大嘆氣。

「哦！看看啊！」
「這個小傢伙又贏了。」
「妳知道嗎，雷絲莉，妳開的已經是捷豹，這下可以換部勞斯萊斯了，還是妳想在茂伊島買個房子？」

依麗莎白一一送上飲料，玩家們都給她籌碼當小費，只有阿羅哈沒給。

　　雷絲莉說：「阿羅哈，你忘了給小費。」

　　阿羅哈說：「我根本沒忘記個鳥，因為我從來不給。」

　　「什麼意思你從來不給小費？」

　　「賭場付得起這些人的薪水，我幹嘛還要給？」

　　「你要小氣或者要運氣，自己選吧，但你不可能兩者都有，不可能一直這樣哦。」

　　雷絲莉抓了她自己的一個籌碼給依麗莎白。

　　「這妳拿去，小美眉。這是從阿羅哈先生那裡拿的。他會還我的，雖然他還不知道他會。」

　　依麗莎白謝謝她。

　　雷絲莉說：「你要開始倒楣了。」顯然這話她是對阿羅哈說的。

　　依麗莎白離開房間時帶著微笑，其他人繼續玩。

　　雷絲莉問：「該誰下注了？」

　　夜很深了，即使是二十四小時營業的賭場也已經半空。吃角子老虎這一區，還有零星幾個客人，每人守著一台機器，專注地投錢。依麗莎白坐在一台吃角子老虎前，心不在焉地轉著椅子。霓虹時鐘在她頭頂上一閃一閃的，這是賭場裡唯一的時間指標。

一個個抱著錢筒找尋希望的賭客，把錢投進去，期待叮叮咚咚的回應，但大部分的時間，機器只是無聲而歉意地也期待著他們。

長時間在賭場工作，會使人失去時間感，所以我不太知道現在是白天或黑夜。

但至少我不必擔心我的睡眠問題了。

可以說，睡眠問題消失了。

對某些賭徒來說，他們的夜晚才正要開始。沙漠的白天使人昏昏欲睡，夜晚人們又一一醒來。

撲克間裡正熱鬧著。首先開的三張牌是紅心三、紅心六和黑桃K。

阿羅哈對蕾絲莉說：「妳還剩多少? 妳剩多少我就跟多少。」

雷絲莉仔細看著自己的牌，手上玩著籌碼。

「一千八百二。」雷絲莉把籌碼推上前去，「你那手牌大嗎，阿羅哈? 因為如果不是的話，你就死定啦！」

雷絲莉把牌翻開：老K一對。到目前為止，她的牌贏面最大。

阿羅哈數著錢，跟了她桌上的那堆籌碼。接著翻開一張紅心四和一張紅心七。

玩家二號：「看看這個。」

雷絲莉說：「你的牌的確不錯。」她想了想，問阿羅哈：「來談個買賣吧？」

「妳說說看啊。」

「你出六百，我下一千，就賭這一手，如何？」

「聽起來不太夠呢。」

「這樣對你還不公平？」

「我想賭賭我的手氣。」

發牌員等著發牌，問他們：「這下我該怎麼辦？」

雷絲莉說：「你聽到他說的啦，他想賭，那就發牌吧。」

發牌員聳聳肩，發了第四張牌。四張老K——雷絲莉這手牌看起來贏定了。

發牌員：「哦…。」

玩家二號：「喔…。」

雷絲莉：「你現在一定巴不得只下那六百吧，阿羅哈？」

阿羅哈：「不要太驕傲哦，小女孩，這副牌紅心五還沒出現呢！」

雷絲莉：「我們都有做夢的權利，阿羅哈。祝你幸運。」

阿羅哈對發牌員說：「你怎麼不發牌？」

發牌員說：「好。」

雷絲莉專注於發牌員的手和那副牌。突然，她驕傲的態度黯淡下來，轉成憂慮。

發牌員發下最後一張牌。

雷絲莉看到牌的表情，好像肚子被人重重一擊。她站起來，奪門而出。

最後這張就是紅心五。

發牌員不敢置信：「哇！」

玩家一號也大叫：「哦我的天啊！」

發牌員對阿羅哈說：「你怎麼做到的？我發誓我沒作弊，這副牌都在我手上。」

阿羅哈得意非凡：「全部都到大爺這邊來吧。」

玩家一號：「真是不敢相信！」

玩家三號：「我以後會把今天這副牌局告訴我孫子。」

阿羅哈把所有的籌碼掃到自己面前。

賭場的餐廳裡，雷絲莉正在看菜單，依麗莎白在旁邊幫她點菜。

雷絲莉抬頭看依麗莎白：「也許一份沙拉。這樣比較健康吧？不過我不覺得我吃得下去，又要嚼又要嚥的。」

她皺著眉：「也許我要一點蛋，有蛋白質，對嗎？」

「蛋妳想要怎麼做？」

「在上面打個結，然後固定在地上。或者也許妳可以把蛋在我頭上打碎，讓蛋汁流到我臉上。」她停了一下：「我看，不要蛋了。」

「還是妳要一點酒吧裡的小吃？」

雷絲莉心有點不在焉，自言自語：「這要看我還能不能回去賭⋯。貝絲⋯為什麼我不現在回去問他們呢？」

雷絲莉起身離開餐桌，留下無奈的依麗莎白。

雷絲莉回到撲克間時，一場賭局剛剛結束，一個肥佬正把錢全部囊括。

雷絲莉一步也不停地走進來，滿臉驕傲自信，她對著眾人說：「誰可以借我錢讓我回來繼續？」

玩家們繼續牌局，沒人搭理她。

「也別一下子就全都閉嘴啊。」

阿羅哈答腔了：「好啊，我借。可是那樣我就得把我自己的錢當對手，這沒什麼意思。」

雷絲莉說：「你可以得到我在賭場的儲金（按：儲金，原文marker。賭場讓某些賭得多也贏得多的賭客，把贏來的錢存在賭場裡，下次來可以繼續用。這種機制與銀行類似，只是沒有利息。），任何人都知道那跟現金一樣

好。」

發牌員說：「哦，沒有什麼比現金好，親愛的。妳爸爸沒教過妳嗎？」

阿羅哈說：「不開玩笑，雷絲莉，妳想回來永遠都行，妳知道，只要妳賣我那台捷豹。我會非常樂意開這部車送妳回家。」

雷絲莉說：「你知道捷豹是我唯一不會賣的。」

肥佬油滋滋地對雷絲莉說：「妳知道他們在樓上還有房間？」

雷絲莉：「是嗎？」

肥佬：「也許我們該上去看看。」

雷絲莉：「哦！」

肥佬：「也許這樣妳就能回來玩。」

雷絲莉：「我說錯了。我有兩件東西不會賣。」

肥佬：「見鬼了，我可沒說要買什麼，甜心。我只想租一兩個小時。」

雷絲莉諷刺地說：「漂亮！」

發牌員：「最多一兩分鐘就夠了吧，你這隻豬！趕快開始吧！」

肥佬：「好吧好吧，我來了。」

雷絲莉借不到資本，又驕傲地離開房間，經過一旁的依麗莎白。

黎明將至。依麗莎白坐在賭場飯店外的一張長椅上，吃著三明治。

　　雷絲莉怒氣沖沖出來，一邊講著手機。「山姆，拜託，我們在說的是我啊…，為什麼你就不能先給我錢，我二十四小時內電匯還給你，你根本不會有任何損失。」她很暴躁：「對，好，幹你娘！」

　　雷絲莉掛了電話，坐在她的捷豹汽車的車蓋上。

　　雷絲莉聽到依麗莎白說：「這一晚不怎麼好過啊。」她瞥了依麗莎白一眼：「是可以這樣說⋯⋯。」

　　她看看依麗莎白別在胸前的名牌：「貝絲？我是雷絲莉，很高興認識妳。」

　　「我也是。」

　　「妳怎麼會來這種鳥地方？」

　　「巴士在這裡把我放下。」

　　「妳從哪來的？」

　　「紐約。」

　　雷絲莉叫了一聲：「哇塞，妳從紐約搭巴士一路到這裡？聽起來很可怕。」

　　「其實我搭了好幾輛巴士才到這裡。」

　　「妳一定很愛巴士。」

　　「並不是，我想買輛車，但存錢不容易。」

　　雷絲莉眼睛亮起來：「妳有多少？」

依麗莎白繼續吃著三明治：「差不多兩千一、兩千二左右。」

雷絲莉的腦裡浮起一個想法。她走到依麗莎白旁邊坐下來。

「嘿，貝絲，我有一個提議。」

「什麼提議？」

雷絲莉傾身向依麗莎白，壓低聲音：「妳看哦，我需要賭本。在拉斯維加斯有個人我可以找他，但我不想。」她停了一下，又繼續：「我一定會贏。我比他們任何人都強。如果妳給我一個機會，我會贏過所有的人。」

「妳要多少？」

「妳的兩千二夠我回去賭。然後，只要我把籌碼兌現，妳就能拿回妳的錢，加上我贏的錢的三分之一。」

「如果妳輸了呢？」

「如果我輸了，妳會得到我的車，是新的捷豹。用這方法，不管事情怎樣，妳都不吃虧。」

「妳得給我一分鐘。這個晚上真是太多事了。我肚子很餓，妳給我一點時間。」

「不急。我可不希望妳噎著了。」她抱著胸跳了兩下：「哇塞，好冷。」

「是啊。」依麗莎白咀嚼著她的三明治，慢慢地，默默

地想著，又看看雷絲莉的車，然後嚥下。

「好，我答應。」

賭場裡的時間過得特別快，晚上的撲克間，新的一天開始。

雷絲莉在牌局進行到一半時走進去，愉快地端著一盤撲克籌碼。

阿羅哈叫道：「哦天啊！看看誰回來了。我以為妳開著妳的捷豹正在往拉斯維加斯的路上。」

雷絲莉在桌邊找了個位子：「我在想為何不讓你幫我付油錢呢？」

大家都笑了。

玩家一：「該妳了，蜜糖。」

發牌員：「怎麼把把他都有份？」

玩家一：「親愛的，你今晚也會有機會的。」

發牌員開始發牌。雷絲莉的加入似乎為新的賭局注入了力量。

賭局進行了一陣子，依麗莎白送上第二輪飲料。

玩家二：「我不玩了。」

玩家一：「我猜你媽根本沒要開刀。」

玩家二：「是沒錯，但她需要開刀。」

雷絲莉：「加碼。五百。」

雷絲莉疊好一疊五百塊籌碼，推上前去。

玩家二：「我媽什麼刀都不開。」

發牌員：「妳再加下去，早晚有人會拿到手好牌。」

雷絲莉：「喂，到那時候你就對我眨個眼，讓我心裡有數。」

發牌員：「這機會不是太多了?」

雷絲莉：「沒有機會太多這種事。」

雷絲莉靠在桌邊，把籌碼疊來弄去的。她看看依麗莎白，對她眨眼微笑。

依麗莎白走出房間時，也伸出拳頭給她打氣。

時鐘繼續計算著時間。賭場裡的時間，虛幻如水，它似乎不是自然消逝，而是隨著籌碼的流動而流動。從賭場裡面看不到外面，如果不看時鐘，就無法知道此時是白天還是黑夜。

賭場大廳人不多。依麗莎白坐在一台吃角子老虎前。她手上是雷絲莉給她的籌碼小費，她向空中一拋，然後伸手接住，打開手掌，看看向上的那面是正還是反。看過之後，她微笑起來。

稍晚的撲克間很安靜，除了賭桌上的手推著籌碼與牌的聲音。

　　肥佬不太爽：「我得讓妳誠實一點，孩子。」
　　雷絲莉把牌弄亂：「我發誓啊我有兩張K！我一定不知怎麼搞的看錯牌啦！」
　　肥佬：「撒謊！妳媽媽知道妳晚上在這裡幹嘛嗎？在這裡撒謊！」
　　雷絲莉：「好吧，走人！」

　　雷絲莉看了依麗莎白一眼。依麗莎白離開房間，有點沒信心，不知發生何事。雷絲莉收拾東西，把牌弄亂。

　　更晚的撲克間。
　　雷絲莉把籌碼往前一推：「加碼。」
　　這次，許多抗拒的眼神紛紛向她投來。
　　阿羅哈面不改色：「我跟，全部。」他把所有的籌碼都推上前。
　　戴墨鏡的：「你要不要算算有多少？」
　　阿羅哈：「一千五⋯一千五百三十五。」
　　戴墨鏡的：「這可是個大賭啊，阿羅哈。對我來說太大了。」

戴墨鏡的不安地折著手指。

阿羅哈和蕾絲莉正以目光試圖壓倒對方。

雷絲莉：「我不知道還有什麼更糟了。是你那可愛的微笑還是醜陋的襯衫？」

其他的人都笑了。

雷絲莉：「給你們點顏色瞧瞧。」說著又把籌碼往前一推。

不知過了多久，依麗莎白突然看到雷絲莉風馳電掣地走出撲克間，走向前門出口。

依麗莎白連忙跟出去：「嘿，怎麼了？」

雷絲莉轉頭看著依麗莎白，面無表情地說：「車是妳的了。可是妳得載我一程。」

雷

絲莉的捷豹在高速公路上疾駛。

雷絲莉幾乎不說話，只是一直開。依麗莎白看著前方的高速公路，有時同時岔開幾條路，不同的車流往不同的道路駛去，她就想像那是撲克牌洗牌，這些車不知將往怎樣的命運駛去。

那天早上，她不太想講話，只是一直開車。

幾個小時後，依麗莎白終於忍不住問：「我們要去哪裡？」

「拉斯維加斯。」車子往夕陽裡開去。

她說她在拉斯維加斯認識一些可以資助她的人，幫她重起爐灶。

但她看起來並不急著到那裡。

什麼事情會讓幾個小時變成幾天，讓一個借搭的短程，變成一個長程？

內華達的公路因為是在沙漠裡建立起來的，因此景觀幾乎都一樣。既然雷絲莉不說話，依麗莎白只好找話題：「賭博的哪一個部分最有趣？」

雷絲莉瞥了她一眼，好像是在勉強自己回答她：「出來的牌的確如自己預期，這就算是有趣吧。贏錢只是附加的，因為贏錢不容易。有一次我帶幾個朋友去賭二十一點，我算出來，馬上就會出現Black Jack，我就告訴我的朋友要下大注。果然，全桌除了我，都拿到BJ。糟的是，莊家也他媽的拿到了！所以，會算牌並不表示會贏。」

依麗莎白笑起來，雷絲莉看著前方，臉上有一點輕微的笑意。

清晨的汽車旅館，窗簾也擋不住灑下的陽光，整個房間沐浴在陽光裡。

兩個女人不知何時醒來，都躺在床上，各自想著心事。

依麗莎白非常清醒：「嘿，雷絲莉，妳還在睡嗎？」

「沒有。我腦子還在那些撲克牌賭局裡轉。妳呢？」

「我也是，除了撲克。」

「妳想的是什麼？」

「只是一些在紐約發生的事。」依麗莎白換個話題：「妳說的那個在拉斯維加斯能借妳錢的人……。」

　　「啊？」

　　「他是妳男友嗎？」

　　雷絲莉笑出來：「不是。我是交過一些男友，不過全都是拿了棍子也打不出一聲屁的，更別提錢了。」雷絲莉看著天花板說：「現在妳想知道那個拉斯維加斯的男人是誰，但妳又太禮貌不敢問。」

　　依麗莎白：「也不是那麼重要。」

　　雷絲莉：「是我爸。」她停了一下，笑容迅速隱沒：「是他教我玩撲克的。別的小孩還在學數數兒的時候，他已經在教我如何計算賭注的賠率。他老愛跟別人說我以為十以後是J（按：撲克牌每一花色有十三張，數字十以後是J、Q、K，分別代表十一、十二、十三）。他很以我為榮，所以我可以跟他要錢或任何東西，但……。」雷絲莉沒有再說下去。

　　她們繼續趕路。雷絲莉開累了，就換依麗莎白開。也許是沒事做，雷絲莉就開始講話。

　　「相信所有的人，但永遠要切牌。這是我爸教我最有用的事。妳知道這代表什麼嗎？這代表永遠不要相信別人。」

　　「如果妳這麼會看人……。」

「那為什麼我還會輸？」

「嗯。」

「因為妳不可能永遠都贏。妳贏得了對手，但妳贏不了運氣。」雷絲莉看看自己的掌紋：「而且有時候妳的節奏沒了，妳看人還是對的，只是妳會做錯。」

依麗莎白問：「因為妳相信他們？」

雷絲莉說：「因為妳甚至不能相信自己。」

雷絲莉的手機響了。她找到手機，把它關掉。

「什麼人的電話我都不想接。」

「什麼人都不想？」依麗莎白看著她，無法理解。她心裡有點酸酸的，因為這讓她想到格雷那時也不肯接她電話。

「什麼人都不想！」

兩個女孩交換了一個勉強的笑容。

從小有個賭徒教她那麼多事情，特別是不要相信事情的表面。

她開始教我一些從她爸爸那裡學來的事情，關於看人。

加油站的店員遠遠走過來。這個年輕人，早上在頭上抹髮膠時，必定花了相當多的功夫。

雷絲莉對依麗莎白說：「好，妳現在注意。」

店員把收據和信用卡拿給雷絲莉：「這個還給您。女士們。」

雷絲莉笑得很美：「謝謝。對了，這附近有什麼好吃的店？」

店員彎腰把他的頭再靠近車子一些，皺著眉思考。

他回答時，依麗莎白仔細讀他的臉。

店員說：「嗯，據我所知，最好的地方，就在這後面。沿著右邊走，大概一哩的地方妳們會看到右手邊有一家…」

雷絲莉嫵媚地挑起眉毛：「你確定好吃嗎？」

「我確定啊。」

「是真的很好嗎？」

「妳不會失望的。」

「謝謝你，喬。」雷絲莉看到他的名牌。

「好好吃一頓。再見，女士們。」店員往後退，向她們招手道別。

雷絲莉：「再見。」

她們把車開走之後，

雷絲莉迫不及待地問：「怎樣？」

依麗莎白很篤定：「他說謊。」

雷絲莉的表情是：妳真不上道耶。她笑說：「他說的是真的。我們去吃吃看。」

　　依麗莎白：「一定很糟。」

　　雷絲莉懶得多說。她們便往剛剛那店員說的方向開去。

　　依麗莎白：「他根本都在看妳的胸部！」

　　雷絲莉：「小貝比，奶子就是要給人看的。」

　　依麗莎白和雷絲莉在櫃台付錢。一個女服務生正要下班，邊走邊嚷著：「我們沒有健康保險，我先生的工廠也關了，現在他生病了，我已經打了兩份工。這是怎麼回事，你們不知道嗎？」

　　說著便走開了。

　　雷絲莉轉頭對依麗莎白：「怎樣？」

　　依麗莎白：「她說的是真的。」

　　雷絲莉：「假的。那個婊子扯她老公有病，根本是狗屎。她只是想讓人家多給她小費罷了。」

　　依麗莎白很困惑：「妳怎麼看的？」

　　雷絲莉看了依麗莎白一眼，嘆口氣，走出去。

　　依麗莎白：「妳到底是什麼人？靈媒嗎？」

　　依麗莎白跟著她走向車子。她心裡不得不承認，這家餐廳真的挺好吃的。

兩人又上路了。從白天開到黃昏，依麗莎白沒想到地圖上看起來還好的內華達，從北往南走到拉斯維加斯卻要那麼久。

　　她們投宿在「藍色」旅館。旅館的屋頂天台上，即使是白天，那招牌也是一閃一閃的，好像一輛永遠也轉不了彎的車，徒然地閃著方向燈。

　　依麗莎白由房間的窗戶可以看到天台，她被那藍色的光吸引，看了一會兒，發現它那樣閃原來是壞了。然後雷絲莉出現在那裡，她慢慢踱步，一邊與電話那頭爭執。

　　「你怎麼會有這個號碼？你知道這是我這個月第三次換號碼？你他媽的能不能不要管我？不要再打了！」雷絲莉掛掉電話靠在欄杆上。

依

麗莎白和雷絲莉在附近餐廳吃飯。

突然雷絲莉的電話響了，她煩躁地拿起電話，看著上面的顯示號碼。

「他媽的！」雷絲莉把電話給依麗莎白看。

「貝絲，妳幫我接？」

「妳要我說什麼？」

「告訴他打錯了，以後不要再打。」

雷絲莉回頭吃飯。

依麗莎白只好接起電話：「哈囉？」

「對不起，你打…，」

依麗莎白聽了一下。臉上漸漸黯淡下來。她繼續聽著，一邊說：「從哪裡？好…好…好…，你確定嗎？好，謝謝你…再見。」

依麗莎白掛了電話，看著雷絲莉，雷絲莉正在大啖。

沉默懸在空中。雷絲莉把雞肉在盤子裡切得鏗鏘響，又大灑了一些胡椒。

「有人從拉斯維加斯的醫院打來…他們說，妳爸爸在那兒…」依麗莎白停頓了一下，好像非常不忍說出這句：

「他們說他快要死了。」

雷絲莉很不高興：「混帳…，」她用力切著雞肉，但看起來好像在切盤子，「那個老頭，永遠都是快要死了……。」

然後雷絲莉不理依麗莎白，繼續吃。

依麗莎白被雷絲莉這樣的反應嚇到了。

過了一會兒，雷絲莉說：「這是假的，好嗎？他以前就搞過這種鬼。說什麼他快死了，他要見我。然後呢…妳知道我被騙幾次了嗎？」

依麗莎白：「可是這是有人從醫院打來的，不是他打的。」

雷絲莉：「那又如何，貝絲？妳以為他不會付錢給人讓人家打電話嗎？」她嘲諷地笑起來：「我敢說，世界上沒有人妳不相信的。」

依麗莎白氣得說不出話：「好，就算他編故事，那也是因為他真的很想見妳。」

雷絲莉：「哦…。」雷絲莉誇張地點點頭。

一陣沉默。

然後雷絲莉抬頭怒視依麗莎白：「天啊，妳真的很想問我什麼。妳問吧！」

依麗莎白：「我什麼都沒說。」

「妳不必說。我就可以看透妳。我還可以猜到妳要問我

什麼。妳要問我，『要是他真的死了呢？要是這個消息是真的呢？』」

「如果他是真的呢？」

「事情是這樣的，貝絲，我不在乎。他活，他死，怎樣都好。我他媽的一點也不在乎。」

她們都不再說話，依麗莎白仔細讀著雷絲莉的臉，然後說：「妳在說謊。」

雷絲莉倔強又輕蔑地說：「妳可以走了嗎？」邊向女服務生招手：「請給我帳單。」

又開了一段很長的、時間彷彿已經消失了的路程，她們到了拉斯維加斯。白天的拉斯維加斯，像一個沒化妝的素淨美人。陽光仍然照得人睜不開眼。

她們直接來到拉斯維加斯醫院。捷豹停在對街，依麗莎白和雷絲莉站在車外說話。

雷絲莉不安地踱步，抗拒依麗莎白的勸說，她說：「我不要去。」

「什麼？」依麗莎白不懂為何已經到了醫院門口，雷絲莉都不願進去看看。

雷絲莉：「我沒辦法…。要是，要是我進去了，而他

就坐在他的房間跟他那夥老千朋友在玩牌，或者，他只是在戒毒，或是，剛剛開刀割掉一顆痣⋯⋯。」

依麗莎白儘量心平氣和地說：「妳知道一定比這些都嚴重。」

雷絲莉抬頭看她：「我不知道，妳也不知道。這樣吧，妳幫我一個忙。妳幫我進去。」

依麗莎白：「我？爲什麼我？」

雷絲莉：「因爲妳是安全的。他沒辦法傷害妳。去吧，快去。」

依麗莎白只好放棄：「好吧。」她想了一下，然後點點頭走向醫院。

懷著忐忑的心情走進醫院，依麗莎白在病房外的走廊向一間病房探頭，一個護士正在清理房間。

床是空的。

依麗莎白走出來，一個醫生正好走過，她問他情況。

醫生的眼神裡帶著責備：「很遺憾，妳知道我們打電話打了好多天，可是好像沒辦法聯絡上妳。他⋯⋯。」

醫生嘆氣：「妳應該早點來的。」說完就走開了。

依麗莎白走出醫院，走向雷絲莉。她臉上的表情說明了一切。

雷絲莉強烈抗拒，她幾乎喊叫起來：「他讓妳這樣裝的吧？！他付妳多少錢？！」

依麗莎白不敢置信地搖頭：「天啊，妳這麼會看人嗎？妳看不出我臉上寫著什麼嗎？」

她們激動地互瞪了一會兒。

依麗莎白忍不住大叫：「雷絲莉，他死了！」

雷絲莉微弱地說：「妳在說謊。」

但雷絲莉知道依麗莎白沒有說謊，她轉身跑向醫院。

依麗莎白追進來時，雷絲莉坐在房間裡，看著她父親的幾件遺物。雷絲莉強忍著淚水。

依麗莎白走出來，坐在走廊上的一張長椅上，她讓雷絲莉獨處，但又不時往裡面偷看。

空病房裡，雷絲莉坐在一張椅子上，父親的遺物在床上，其中之一是一頂帽子，雷絲莉看著這些東西，久久都不移動。過了一會兒，她拿起帽子，又放回去。此時，她的眼淚開始大顆大顆滴落。這一切，依麗莎白都看到了。

她坐在那裡淚如雨下，一個字也沒說。或者沒辦法說。她一生都在欺騙自己對父親的感情，但她唯一愚弄了

的人是她自己。

要讀懂她並不難。

雷絲莉哭了很久。

依麗莎白守在長廊上，直到雷絲莉把自己整理好，走出來。她抱了雷絲莉一下，雷絲莉說：「我沒事。」然後兩人慢慢往外走。

走到對街的車旁，雷絲莉靠在車上，她的眼睛仍然紅紅的。

二人之間有一陣緊張的沉默。

雷絲莉先開口：「貝絲，我不能給妳這輛車。」

依麗莎白感到一陣暈眩：「為什麼？」

雷絲莉走到依麗莎白身旁：「因為這車⋯這車是我爸爸的。有一次他在里維耶拉（按：法國與義大利交界處的避寒勝地）大贏，第二天就買了這輛車。這是他的驕傲和喜悅。結果有一天我偷了他的鑰匙，一小時後我又偷了他的車。」雷絲莉有點歉咎的微笑：「我也不知為何要這樣做。也許我只想看看他會怎麼樣。他會不會去報案，讓她女兒被抓去關？」

「結果事情比我想的更好。他不動聲色，直到他發現我

躲在哪裡。有一天早上，一個送快遞的送來一個信封。裡面有這輛車的權狀和登記證。媽的他過戶給我了。」

「所以，這輛車我會一直開，開到它散掉為止。」雷絲莉微笑：「或者至少開到我散掉為止。」

依麗莎白很無助：「那我怎麼辦？」

雷絲莉靠向依麗莎白，盯著她。等了一世紀那麼久，雷絲莉才說：「貝絲，我之前不是告訴妳我輸光了嗎？」

依麗莎白：「是啊。」

雷絲莉：「事情也不完全是這樣。」她促狹的神氣此時從眼裡湧出：「我大贏了，貝絲。我把他們從頭到腳都贏光了。所有的牌都照著我的意思出。我把其他賭客都看得透透的，我把他們的錢全帶走了！」

依麗莎白不敢置信：「所以妳對我撒謊。」

雷絲莉：「嗯…，也許我不想分給妳。也許我只想看看妳多麼容易相信人或被人騙。」

說完雷絲莉馬上跳到一邊，免得被依麗莎白追打。

雷絲莉：「也許我只想有人陪我。妳知道嗎？路好遠，貝絲。我不想自己一個人去。」

依麗莎白知道雷絲莉講的是真話。

雷絲莉拋給依麗莎白一個意味深長的眼神。

天暗下來，氣溫也明顯下降。她們找到一家餐廳吃了

頓熱騰騰的大餐，把多日來的緊張、不安、悲傷都發洩在食物裡。放下防備的雷絲莉，終於能夠把心裡的開關打開，說出了她與父親之間的糾葛。

「我爸是職業賭徒，我媽在我很小的時候，就因為受不了他浪蕩的性格，要求離婚。她覺得我爸不愛她，只愛賭博和他的狐群狗友。我爸不願意改變自己，只好答應她走。」

「他們只有我這個女兒，我卻從此沒再看過我媽，所以我很恨她，很愛我爸。他非常溺愛我，把他所有的本事都教給我，我很聰明，很快就學會了，他常要我在他朋友面前表演算牌，很以我為榮。」

「我爸告訴我，他永遠都不會再結婚。我有時候看他很寂寞，也會勸他交女朋友什麼的。他總說：會的會的，但都沒有看到他行動。我還想，我媽走後難道他變成性無能了？哈哈。」

「我高中畢業典禮前一天晚上，我去參加一個派對，中間突然身體很不舒服，就提早回家。結果，我看到他和我最好的朋友他媽的在床上！」

「我當天晚上就跑了，第二天的畢業典禮也沒去。我發誓再也不要見到這個騙子。我覺得他們好髒，這是一種雙重背叛，妳懂嗎？我爸教我不要相信事情的表面，不要相

信任何人，他眞是做了最好的示範！」

雷絲莉嘲諷地笑：「當然，我還是會見他，因爲我需要錢。他後來就用錢來引誘我見面。我當然知道，剛開始，我就努力揮霍他的錢，在外面鬼混、濫交男友、吸毒、墮胎、豪賭，我做這些事情從來不瞞他，他卻也從來不罵我，只會時常想辦法找到我。但我絕不給他解釋的機會。我試過站在他的立場想，但沒辦法，這種背叛，我永遠沒辦法想得開。」

「後來我連花他的錢都不願意了。妳知道嗎？這次來拉斯維加斯，我原本是想在不跟他見面的情況下，悄悄把鑰匙放在信封裡投在他的信箱裡，把車還給他。這幾年在外面，我突然覺得有點累。我想，也許把車還給他之後，再過一陣子，我想得更清楚以後，也許有可能跟他好好談。」

「但是在路上接到他的電話時，所有的舊恨突然都回來了。他爲什麼就不能等一等？他越要接近我，我就越本能地要遠離他。妳以爲我不擔心他這次是眞的病危嗎？但我就是沒有辦法！即使是眞的，我也沒有辦法！」

依麗莎白想到，雷絲莉大贏了錢，其實不需如她所說

的要去拉斯維加斯借錢。但她雖然一路上不斷地拒絕她父親的電話，卻仍然往拉斯維加斯的方向走。她現在才瞭解雷絲莉的心情。

依麗莎白為雷絲莉感到悲哀，一定只有在最愛的人離開之後，才可能表達感情嗎？

雷絲莉從皮包裡拿出一大疊現金。「這是妳的。妳原先借我的賭金，加上我贏的三分之一。」
依麗莎白數著錢，看自己得到多少：「這些錢夠我買一輛車嗎？」
雷絲莉：「綽綽有餘。」
依麗莎白好高興：「耶！」

第二天，沙漠裡的風又強又乾燥，二手車展示場裡的車被風吹得有些滄桑。但依麗莎白被豐富的車種迷惑住了，不知該從何選起。太多人輸到必須把車賣了，依麗莎白很慶幸自己離開拉斯維加斯時，是來買車而不是賣車。
雷絲莉陪依麗莎白看車，依麗莎白第一次買車，非常興奮，需要有人給她意見。
依麗莎白一輛輛看。突然她停下來。又走回來，抓住雷絲莉。

「快幫我，我需要妳幫我看看，這輛怎樣？」

雷絲莉：「還可以，如果妳想開始賣毒品的話。」

那個下午，我終於為自己買了一輛車。雖然它遠不如雷絲莉的車，但我就是喜歡。

依麗莎白拉著雷絲莉往另外一區走去。

看了一會兒，依麗莎白看中一輛漂亮的紅色小車，價格也不算太高。

於是兩人開始與銷售員討價還價。

銷售員：「不行。三千五是我能給妳最好的價錢了。」

依麗莎白：「三千。這是我的極限。」

銷售員：「不行啦。就是三千五，抱歉囉。」

依麗莎白：「三千二。」

雷絲莉：「貝絲。」

依麗莎白：「賣不賣？」

雷絲莉：「妳知道嗎？我很確定可以找到一個比較好的，走吧。」

銷售員：「我不相信還會有更好的，女士們。隨妳們了。」

雷絲莉：「多謝你！」

雷絲莉轉身拉著依麗莎白，拖拖拉拉往她的捷豹走。

突然，依麗莎白轉身回頭。

雷絲莉：「貝絲，妳去哪？」

「我要那輛車。」

「貝絲，但不能用那個價錢！我們走到我的車之前，他會降到三千塊。」

「我不相信他會降價。而且，我覺得那就是我想要的車。」

「妳跟我在一起的這段時間都沒學到嗎？妳不能再那樣人家說什麼妳就信什麼。」

「也許妳應該開始這樣。」

「真是沒救了……。」

「妳也沒救了。」

依麗莎白跑回去找銷售員。

向著日落的方向，依麗莎白的紅色車在前，雷絲莉的捷豹在後，一路疾駛在高速公路上。

親愛的傑瑞米，最後的這幾天，我學著不要相信別人，但我很高興我失敗了。人生苦短，不值得我們浪費在擔心別人的暗算上。我們應該學著放手，期待更美好的事情。

我也瞭解到，有時我們把其他人當成鏡子一般地倚

賴，讓他們定義我們，說我們是什麼人。有趣的是，我在每個人身上看到的卻是一個不同的反射。但每一個反射都使我更愛自己一點。

當我持續這個旅程時，我開始想，究竟最想與誰為伴。

就像雷絲莉說的，那真是一個好長的旅途。

前方是條岔路，依麗莎白的車往岔路去了，雷絲莉繼續往前。依麗莎白和雷絲莉互相搖手又按喇叭說再見。她們各自往各自的路走去。

依麗莎白從後照鏡裡，看到此時正逐漸甦醒的拉斯維加斯。這座與任何地方都毫無關連、孤懸於沙漠之中的海市蜃樓，當黃昏時分千燈萬火點燃之際，它便是存在的，黎明前燈火逐漸滅去時，它又緩緩消失。只有人性在裡頭永遠流動。但什麼又是永遠？

依麗莎白一刻也不停留，開向旅程最後的終點：加州。有了車，她決定改變旅行方式。她要一路開到最西端的太平洋邊上。

在紐澤西時，依麗莎白有一輛三手小車，到紐約之後

她便不再開車，因為紐約的交通太擁擠。久未開車，此刻她發現，單獨開車是最好的面對自己的方式之一。整個密閉的空間裡只有她自己，這段旅程的種種，便像電影片段一樣不時浮現她腦中。

她自言自語，時哭時笑，有時也會打開車窗對粗魯超車的人罵句髒話——這樣的時候，那些壓抑的、悲傷的、思念的情緒，便一掃而空。即使那些人伸出中指回報她，她也不以為意，甚至覺得好笑，因為沒有人是認真的。於是，這段最後的旅程，好像沿路把過去背在身上的包袱，都一一拋下了，她感到身體越來越輕……。

日以繼夜。餓了，便找餐廳吃東西，黃昏，就找汽車旅館住下。如此不知又開了多久，直到依麗莎白突然感到內急，卻一直找不到加油站。

在西部開車，往往幾十分鐘之內都遇不到一輛車，雖然偶爾會感到寂寞，但多半時候是享受天地之廣大。只是這時，她有點急，於是經過一處明顯的沙漠地形時，她做了一個決定：下來找地方解決吧。

她慢慢把車開進去。這條小路很狹窄，迂迴崎嶇，怎

樣都開不快，再往前，就沒有路了。她只好把車停在一邊，下來走路。

越往裡面走，景觀就漸漸不同了。四周是巨大的裸露巨石，每塊巨石都有好幾層樓高，層層疊疊，那氣勢非常驚人。地面上偶有突起的小丘陵，大部分是沙漠，長著巨大的仙人掌和一些不知名的沙漠植物。最令她震撼的是，遍地站著一種不知名的巨大的沙漠植物，這種植物，就像是一棵平常的樹，突然張牙舞爪露出猙獰的模樣，它扭曲的肢體，好像它曾在大火中掙扎卻無法逃生，而現在，它們也準備吞噬路過的人。

四周杳無人煙，只有她。依麗莎白心中湧出無限的恐懼。她立刻跑到車旁，上車加速而去。

結果再開兩分鐘，就出現加油站了。依麗莎白衝進去，看到的第一個人，是個反戴棒球帽的年輕店員。劫後餘生，她熱情地向他招呼：「哈囉，看到你真好，真的！」

那店員似乎從未遇到如此熱情的客人，也熱情地回應：「嘿，看到妳也非常好！」

「你知道，前面那是什麼地方？為什麼有那麼可怕的樹？好像會吃人！」

店員狐疑地想了一下，笑起來：「啊，妳是說約書亞樹嗎？那是我看過最美的樹啊！」

　　依麗莎白不敢相信。她以為他會同情她剛剛的遭遇，沒想到他的反應竟是如此。

　　店員繼續說：「這地方叫做約書亞樹國家公園（Joshua Tree National Park）。我常去那裡。那些石頭、植物非常美，是別的地方沒有的，它們有一種強大的力量，我心情不好的時候，就會去那裡走走……。」

　　一棵樹能反映人的內心。我看到樹覺得害怕，是否因為我的內心還存著恐懼？

　　怕寂寞，怕被背叛，怕愛情的消失、怕未知的事物，怕看不見的未來……。

　　太平洋沿岸的威尼斯海灘，空氣裡瀰漫著活躍跳動的分子，舉目皆是繽紛的色彩。這個與義大利威尼斯同名的地方，也模仿當地，開鑿出一條條人工運河，加上戶外牆壁上到處都是彩色壁畫，為小鎮帶來一種俗氣卻也單純的歡樂感。

　　依麗莎白覺得有趣，原來有些東西是永遠也無法複製的。這讓她感到自己又回到了人間。

她來到海灘，把旅途中在許多餐廳打工留下的各個名牌：貝絲、麗琪、麗莎⋯，全都放進海水裡。這些身份，幫她度過一些難過的時光，讓她暫時能試著用另一人的眼光看自己。現在，她不需要這些名字了。她又是依麗莎白了。此時，海似乎聽見她的心意，一個浪打來，把名牌全都捲入水中。

　　回到汽車旅館，依麗莎白看著外面這一切，心裡安定而愉悅。

　　薄暮時分的威尼斯海灘，有人在跑步、看夕陽、戀愛。海浪一次次打在岸上，又碎裂成泡沫。對岸碼頭映射出繽紛的光芒，烘托著這一帶的處處人家。遠方一艘渡輪駛過。

　　終於，我在威尼斯找到我自己。如果我的錢夠買一艘船，也許我會走得更遠。但我沒有。

　　依麗莎白在她汽車旅館房間的窗邊坐著，此刻正凝視著橫過的渡輪。這個凝視的姿勢，從下午下了一場雨之後，就一直維持到現在。

那時她也這樣坐著，看著窗外卻不是在看，然後突然被窗外的異樣驚醒。原來是下起了驟雨。加州極少下雨，不像紐約。空中幾隻黑鳥紛紛疾飛，似乎不敢相信竟會下雨，都急著找一處避雨。窗口突然飛來一隻濕漉漉的黑鳥，牠停在那裡，依麗莎白幾乎感覺得到牠疾飛後的快速心跳。鳥側對著依麗莎白，但依麗莎白卻沒想到鳥是在看她，因為她本能地以為要面對面才能看見。等她意識到時，鳥倏地不見了，她感到一種落空的惆悵。

這場雨稍縱即逝，陽光突然大現，好像剛剛只是一場夢。沙灘上又恢復了活動，又一艘渡輪駛過。

我看著那渡輪，無法不想起康尼島的渡輪。我想念紐約。

紐約的克利歐區餐館裡，年輕俊美的老闆傑瑞米接到一通電話後，便整晚心神不寧。他有時往門口張望，有時走到外面去抽一根菸。

他抽菸的速度比平常快上許多，好像在為自己做人工呼吸。因此路過的人如果稍微敏感一些，可以猜得出他內心有些不安。但在這不安中，卻又好像隱藏著一絲快樂。

夜色如水，依麗莎白走向一棟位在轉角的舊公寓。她就站在這轉角上，她看起來很平靜，像是準備好了。

這種感覺多麼熟悉又多麼陌生，她百感交集。抬頭時，看到一個「招租」條子貼在窗上。

離開紐約之前，依麗莎白常到格雷公寓的對面站著，這樣才看得到。這次回來，她習慣性地走到這裡，卻完全忘了，這裡只是「對面」，而不是「那裡」。她笑了起來，走到對街。

有如一場儀式裡最後的祈禱，她默默站了一會兒，就離開了。

　　克利歐區餐館此時已經沒有客人，傑瑞米坐在前門台階上抽菸。

　　一個女子的聲音：「打烊了嗎？」

　　傑瑞米抬頭看到依麗莎白。

　　他深深凝視她，彷彿他一眨眼，她就會消失：「如果打烊了，我就不會還在這裡。」

　　依麗莎白微笑：「我聽說這裡有城裡最棒的咖啡和派。」

　　「妳在哪裡聽說的？」

　　「我到處走時聽說的。」

　　「要不要進來？」

　　「好冷。你在這裡幹嘛？快凍死了。」

　　「今天晚上很美，我想呼吸一點新鮮空氣。」

　　傑瑞米和依麗莎白走進餐廳。廚師正在吧台後方清理著。

　　傑瑞米讓依麗莎白坐到老位子上：「請坐。」位子上擺著「訂位」的牌子。

　　依麗莎白：「這不是有人預訂的嗎？」

　　傑瑞米：「為妳預訂的。」他不好意思告訴她，自她

走後，這個牌子就一直擺在這裡。

「要吃點什麼嗎？」

「要，我好餓。今晚有什麼好吃的？」

「牛排如何？」

「聽起來很棒。有沒有附薯條？」

「還是妳要薯泥？」

「兩種聽起來都不錯。」

「各半份或者整份？」

「那給我一份半熟牛排加薯條，再一份薯泥。」

「妳要整份的？」

依麗莎白點頭。

傑瑞米笑了：「馬上來。」他匆匆往後方去準備了。

依麗莎白往那鑰匙罐看去，裡面卻沒有鑰匙，只有一小束鮮花。

依麗莎白吃著她的大餐，那神情看起來好像好久沒吃過這麼美味的食物了。她看到傑瑞米又在看她。

「想看出我什麼？」

「也許看得出來哦。」

「你說過你可以從一個人吃東西的樣子瞭解他是什麼人。那我在這個變動的宇宙間，依然不變嗎？」

「我不知道。妳現在有點不一樣。或者可能是我自己變

了。」

依麗莎白看看傑瑞米，他仍和一年前一樣，只是瘦了一些。

她不好意思一直盯著他看，換個話題。

「那些鑰匙呢？你為什麼不留了？」她指著原先擺鑰匙罐的地方，那裡現在是空的。

「我之前儘量把鑰匙都物歸原主了。」他停了一下：「妳要妳的鑰匙嗎？」

依麗莎白：「不用了。」她也停了一下：「那你自己的呢？」

「我丟了。」

此時廚師要下班了。「再見，傑瑞米。」傑瑞米：「明天見。」

依麗莎白看著門漸漸關上。她想起一件事。

「我走的那天晚上曾經來過這裡，但我沒從前門走。我往裡面看，看到你在忙。」

我幾乎要走進來了，但我知道如果我進來，我就還是那個原來的依麗莎白。

我不想再當那個人。所以按下門把，又放開了。

「然後我開始旅行。一個小鎮到另一個小鎮，每到一個

新地方就換一個名字。」

「那我現在要叫妳什麼？」

依麗莎白微笑：「我還在這些名字之間猶豫。不過如果我決定了會讓你知道。」

那天晚上，她的胃口奇佳。但我覺得並不是因為失戀心碎。

依麗莎白坐在她吧台的位子上，吃完最一盤食物，旁邊還有幾個吃光的盤子。

傑瑞米：「還有空位吃甜點嗎？」依麗莎白笑起來。

傑瑞米拿來一盤藍莓派，依麗莎白看著這些派：「還是沒人點嗎？」

「嗯，差不多。」

「那你為什麼還要做呢？」

「我總是喜歡做一個擺著，如果妳正好經過想要一塊就有了。」他溫暖地笑：「妳還記得最後一晚妳在這裡嗎？那次妳吃掉了整個派。」

「真的嗎？我只記得我醉得很厲害，第二天吐得很慘。」

傑瑞米很驚訝：「其他不記得了嗎？」

依麗莎白停了一下，微笑著把眼光移開：「不記得

了。」

眼光回來時，依麗莎白注意到傑瑞米有點失望。

「你有沒有那天的帶子？我可以看啊。」

傑瑞米臉刷地紅了。「有…，可是…，我看了太多次，影像變成黑白的，現在已經完全不能看了。」

依麗莎白：「那天晚上應該很有趣。」

傑瑞米：「是很有趣。我這輩子沒看過一個女生吃這麼多的。」

依麗莎白：「像這樣嗎？」她誇張地大吃一口。

傑瑞米：「不，遠遠超過。」傑瑞米誇張把食物大量塞進口中。

他們都笑了。

依麗莎白：「好吃的派……。」

夜更深了。依麗莎白又趴在吧台上。傑瑞米走過去，看看她，她沈重地呼吸，一塊奶油在唇邊。

這情景多麼熟悉，他心一動。

傑瑞米靠近，溫柔地吻上她的唇。

但這次不同了。

她的手環住他的背，撫觸他的頭髮，然後把他拉近，回吻他。

這次的吻，溫熱而充滿情感。

我花了將近一年才到這裡，我從沒想到要這麼久。
原來走到對街並不難，只看是誰在對街等你。